KB145504

그대 그늘 아래

홍은자 시집

시음사
시사랑음악사랑

시인의 말

시도 때도 없이
가슴에서 올라오는 알 수 없는 읊조림에
손과 발, 몸을 만들어 옷을 입혀 놓으니
오밀조밀한 나에 강아지들이 되어 주었다
그런 녀석들을 혼자만 끌어안고 있다가
흔적도 없이 잊혀져 가게 놔둔다는 것은
뒤돌아보기만 할 지난 생에 구멍을 내는 것과 같아
작은 흠집이 있을지라도 담음으로
아름다웠던 기억들을 남기고 싶었다.

시인 홍은자

QR코드 스마트폰으로 QR 코드를 스캔하면 시낭송을 감상할 수 있습니다

 본문
시낭송
감상하기

 제목 : 객이 먼저 오시다
시낭송 : 조한직

제목 : 아직
시낭송 : 박영애

 제목 : 고독한 군상
시낭송 : 박영애

 제목 : 바다를 집어 들다
시낭송 : 최명자

 제목 : 나는 당신에
　　　　그 무엇이고 싶습니다
시낭송 : 박영애

 제목 : 즐겨찾기
시낭송 : 박영애

 제목 : 바다를 굽다
시낭송 : 최명자

 제목 : 영원한 내 사랑
시낭송 : 최명자

 제목 : 절필(絶筆)하지 못하고
시낭송 : 박영애

 제목 : 검은 남자와 산다
시낭송 : 박영애

 제목 : 감사하는 마음으로
시낭송 : 장화순

 제목 : 앨런의 거울
시낭송 : 조한직

 제목 : 그리움에, 그리움에
시낭송 : 장화순

시인은 자연을 이야기하고 시낭송가는 자연을 품었다
글자는 날개를 달아 언어로 날고 소리는 자연에 눕는다

* 목차 *

* 목차 *

* 목차 *

* 목차 *

객이 먼저 오시니다

간간이 뒤척거리는 마른 잎들의
입소문에 의하면 당신이 오신다고 하던데요

어둠을 탈출한 새벽이슬 향기가
점잖이 모시고 져 앞섰다고도 합디다

수줍은 듯 발그레하시던 모습 늘
가슴에 있었는지 생각만으로도 설레는데

임이시여 어디쯤에나 오셨는지요?
혹여 언덕 넘어 올라타기나 하셨는지

긴 기다림은 불치병처럼 번져 나가
빈혈 난 시간 벽에 물구나무서더이다

뭇 먼발치 붉은빛 창가에 와 앉기에
꼭이 임 같아 맨발로 달려 나가니 아뿔싸

하세월 넘어섰는지 온몸 노랗게 물드셨네요
이 가슴 진홍빛 순정 어디에다 열는지요.

제목 : 객이 먼저 오시니다
시낭송 : 조한직
스마트폰으로 QR 코드를 스캔하면
시낭송을 감상할 수 있습니다

아직

숨 막히게 꽉 차지 않아 좋다
여백이 있다는 것은
설렘이 이어지는 기다림이나

오래 기다려 본 사람은 안다
절망 속에서 피어오르는
희망의 새싹 같은 기대감을

세상에 영원한 건 없을 거라지만
아직이라는 남음 앞에서는
긴 영원의 맛을 볼 수가 있다

다 드러나지 않아 궁금해지고
신선함이 살아 있어 여리고 싱싱할
만족이라는 본질의 매력덩어리

그런데도 현재 진행 중인 아직은
고통을 견뎌낸 햇살 같은 존재감으로
미완의 고지에서 고전분투하고

목적만큼의 남은 열정이 있어
나는 이 아직이라는 말을 좋아한다
애착이 식고 나면 무미건조할 뿐이기에.

제목 : 아직
시낭송 : 박영애
스마트폰으로 QR 코드를 스캔하면
시낭송을 감상할 수 있습니다

종

숱하게 듣던 소리가 자취를 감췄다
어디를 둘러봐도 흔적조차 없다
리듬을 타며 들려오던 종소리
따로 아닌 하나 되었을 때 비로소
종은 더 크게 울리고 팽배했었다

높은 담 안의 종에 닿기란 감히
꿈속에나 그려볼 위엄이었는데
내 안 어디서 뜨거운 불길이 일어
침묵을 깨워 울리게 했었는지
움찔거리는 막의 부딪힘은 거셌다

보충제 같았던 시작의 울림들에
지친 날의 배수진은 소용이 없었다
울려야 사는 존재감에 덮여버리고
시간이 지날수록 종은 단련되어
충만한 소리 뒤엔 햇살로 비추었다

세상 유일한 선함과 부드러움을
다시는 볼 수 없고 들을 수도 없게
사라져간 우주의 반쪽, 사랑의 종
하여도 가슴에 저장된 소리가 있어
남은 날의 고요는 헛헛하지 않으리.

감정

짙게 세월 덮인
잔잔한 호수
한 점 바람
살포시 내려앉음에
둥그런 물이랑
가슴을 출렁이고
수심 깊은 곳까지
시리게 전해오는
짜릿한 전율은
잠자던 수초
촉수를 세운다

보이지 않아도
눈앞에 있는 듯
들리지 않아도
익숙한 메아리
닿지 않아도
숨결처럼 부드러운
심연(深淵)의 나눔
그 긴 파장으로
뻘 같던 가슴
작은 소용돌이
용트림이 시작된다.

너 한 점 바람이어라

꿈결처럼 다가온 너는
스치는 한 점 바람이어라

멀고도 긴 세월 건너 이역만리
첫사랑을 찾아 날아왔지만
그 어떤 화두로도
쌓인 너의 회포를 받아 담기에는
너무도 작은 가슴이었다

돌아갈 수 없는 유년의 거기
영롱히 피어오르던 순수의 감정마저도
피할 수 없는 현실 앞에 시리게 덮어야 하는 너
그냥
한 점 바람으로 비껴가야 하나 보다.

시집 '향기 나는 편지'/ 대한문학세계 가을호. 2004

임플란트(implant) 자아와 대화

허구한 날 어지간히 씹어 댔지
질기디 질긴 육질도 모자라 몸통까지 단번에
지나치게 자넬 무시한 처사였어

좋아하는 것에 군침이 샘물처럼 고이면
굶주린 야생인 듯 허겁지겁 열중하면서
지독한 이기주의 시도 때도 없이 부려 먹었어

씹으며 세월 배부르니 소리 없는 아우성으로
물렁물렁한 연시 달콤한 아이스크림마저 찌푸리며
못된 주인에 대해 배타를 시작하더라고

지난날 푸르름에 나이는 겉만 먹는 줄 알았지
유산처럼 물려받은 자네가 늙을 줄은 생각에도 없었고
진통 끝에 눈 비비고 비로소 돌아보게 되었는데

평생을 즐거운 포만 안겨주는 자네에게
기껏 해준 게 머리 자르고 신경 끊어 포장 덮고
더러는 뿌리마저 뽑아버린 악 주가 되어버렸네

비록 소 잃고 외양간을 고쳤네만
인생은 잘근잘근 씹어 대야 제맛인 기억들이
씹지 못하니 그리워지는 것임을 그제야 알게 되었다네.

커피

야하지도 않은 속내 드러내지 않으려 주위를 맴돌고
그저 가끔 희미하게 동그란 미소 가늘게 흘릴 뿐인데
혼자만의 사랑에 빠져들며 시시때때로 그리워하고 있다

곧은 시선이 마땅치 않은 시계가 물구나무서는 즈음과
기운 빠진 빗소리가 질퍽거릴 때면 더욱 간절해지는 그
익숙한 이름이 눈에 들면 가슴이 콩콩 뜨겁게 볶아 챈다

새까맣게 애태우던 잊혀 버리고 싶은 날의 기억들은
흔적 담아 추방했어도 저장된 목록이 습관처럼
어둠 위에 하얀 소용돌이로 되살아나곤 하였다

외면도 어렵고 단절하기도 힘든 그는 나의 영혼을
멋대로 점철하고 삶의 오른쪽을 독점하려 드는
불면에 세뇌당하면서도 멈춤은 늘 미수에 머무르고 있다.

사모곡

하늘도 슬퍼 칠흑 같은 얼굴로 더운 눈물 흘리더이다
객(客) 바람은 죄스러워 바닥을 기어가고
생 푸른 잎사귀는 가슴 떨며 슬픔을 삭이더이다
수차례 허공을 가르는 천둥소리는
화씨(華氏) 천(千) 도(度) 불구 덩이에 육신을 맡기신
임의 아픔 대신하는 신(神)에 통곡임을 아시는지요
한 줌의 재로 나고도 두 손 부여잡듯
따뜻한 온기로 맞으시던 모습
억장(億丈)이 무너져 바라보던 가슴은 새까맣게 숯덩이가 되었
나이다
한 뼘의 돌무덤에 임 두고 돌아오는 길
떨어지지 않는 발걸음 걸음마다 쇳덩이가 매달리고
말문 막힌 머릿속은 허망(虛妄)에 구멍만 하늘만큼 커지더이다
임이시여 생전에 주신 뼛속 깊은 큰 사랑 어찌 다 잊으오리까
백골난망(白骨難忘) 보은(報恩)으로 살아가리니
이승에 못다 한 생(生) 피안(彼岸)으로
극락왕생(極樂往生)하시옵소서.

[노랫말] 사랑이 오고 있다

꿈만 같은 일이야
이대로 우리 이어지면 좋겠어 정말
어디서 살았는지 어떻게 지내왔는지
아무런 상관이 없어 그래
doesn't matter, matter

미로 같지만 알 수 없는 설렘
이 느낌이 중요해 정말
Love is Coming, Coming

어둠이 걷히면 햇살이 비추듯
우린 서로 같은 생각을 하고 있잖아
기억해 remember, remember

이제라도 괜찮아 만나서 고마워 진심
너를 알게 해준 모든 일에 감사해 정말
feel so good, so good

너와 함께 할 세상 봄이야

희망의 노래야 눈 감아도 들려오고

너의 몸짓이 보여 포근해 사랑해 정말

이 느낌이라면 어두움도 문제없어

두려움 먼 미래야 지금이 중요해 그래

I'm so happy, happy

Love is Coming, Coming

Love is Coming, Coming, on my chest(후렴)

일출(日出)

수평선 너머부터 세상을 올라타고 있다
알몸 드러낸 붉은 살덩이서 번져가는 핏물
전이 된 영혼이 황홀에 빨려들고 있다

나는 것들은 타서 죽었는지 흔적이 없고
천 리 앞 테라칸 백 리 앞으로 오르니
출렁이던 무리 항복으로 길게 누워버린다

장엄하고 웅대함에 푸르던 서슬도 풀어져
식은땀 안개처럼 분사하며 열혈로 떠받히는 군상
세상을 품고 억겁의 세월 어둠 환히 밝혀주며

붉은 깨달음에 오늘을 희망으로 열게 하니
목줄까지 차오른 탄성, 여명 속에
예제서 심장 터지는 소리가 북소리처럼 들려온다.

PS: 테라칸 (TERRA CAN) TERRA(대지) + CAN(황제)의 합성어로
     대지를 지배하는 제왕을 상징

성불인(成佛人)

산처럼 앉아
세상사 모든 것
가슴에 품어 안고
물처럼 맑아
거울이 되게 하며

천년 나무처럼
묵묵히 힘을 키워
그늘과 초록으로
산소를 제공하고

언제고 바라보며
편히 쉴 수 있는
파란 하늘처럼
우러러 높고 맑은
사람이 되어야 한다.

소회(所懷)

흐르는 건 강물만이 아니었어요
사랑도 따라 흘러갔나 봐요
메마른 수초 아래 어둠이 깃들면
외로운 바람 소리 슬프게 들려오고
행여 다시 돌아올까 기다려 보지만
영혼마저 쓸어간 텅 빈 자리
가로등 불빛만이 주위를 사위고
그리움은 붉은 이슬로 흔들거려요

It's a heartache
Love him till your arms break
Then he lets you down
사랑은 아픔이에요
너무 늦어버린 다음에야 깨닫게 되고
모든 희망을 잃은 후에야 느끼죠

Some say time Is the healer
but, with out you the world
The days would all be empty
The nights would seem so long
anyway, where you are
that's where l wanna be

사람들은 말하죠 시간이 약이라고
하지만 당신 없는 세상
낮에는 더없이 쓸쓸하고
밤의 시간은 한없이 길 거예요
어쨌든 당신이 어디에 있든
그곳이 내가 있고 싶은 곳이에요

It's a heartache
Love him till your arms break
Then he lets you down
사랑은 아픔이에요
너무 늦어버린 다음에야 깨닫게 되고
모든 희망을 잃은 후에야 느끼죠.

위대한 세상

보면 느끼노니 詩가 된다
끊임없이 샘솟는 詩想
아 나는 행복하다
시인이어서 더욱 배부르다
나는 그냥 살지 않았기 때문이다

내 느낌의 작은 조각마저도
보석처럼 다듬어 눈에 걸 수도 있고
제대로 된 詩 하나
묵혀도 썩지 않을 영원한 빛으로 남으리니
오! 아름다운 詩여, 위대한 세상이여

Great world

Every seeing and touch consciously becomes a poem.
overflowing, ending—less Poetic sentiment appears
ho, what a happiness and joyful life.
happiness even more flows all over me cause i'm a precious
and it fulfilled my life.

The every peace of my sentiment can be carved like precious stone
and hang in my eyes.
and great poetic mind will never sleep and shine last forever.
oho, beautiful poetry, great world

2005, 대한문학세계 여름호에

밀물처럼 오는 그대

하늘을 안아버린 바다처럼
둥글게 말린 가슴이 뜨거워져요
누군가 닮은 당신을 떠 올리면

어디서부터 이어져 왔는지
알 수 없는 운명의 끈은
당신을 내 안으로 끌어당기고

파도처럼 밀려드는 그리움에
짙어만 가는 물빛 감정은
세월의 벽에 부딪혀 출렁거립니다

그대 지금은 멀리 있다고 하여도
따뜻한 눈빛 낮은 목소리는
시도 때도 없이 격랑으로 오고

시리게 보고 싶어지는 마음
밀물처럼 밀려오는 파고에
가슴은 하얗게 웃다 푸르게 울어요.

2006, 대한문학세계 가을호에

고독한 군상

얼마를 더 가야 생의 오아시스가 있는 걸까?
하나를 채우고 나면 또 하나 비어 있는 마음의 샘
싱그럽게 열리는 아침같이 종일을 매일 같이
투명한 이슬처럼 촉촉하게 살 수는 없는 것일까?

소원해져 버린 우정도 재만 남고 식어버린 사랑도
어느 한 날 부드러운 바람결에 흔적 없이 날려 보내고
처음의 그때처럼 다시 날 수는 없는 것일까?

새로운 느낌에 순간들은 신선한 산소가 되어
무엇으로도 살 수가 없는
하루 에너지에 원천이 되었던 것처럼
모두와의 연연도 그렇게
이어져 갈 수는 없는 것일까?

만남의 횟수만큼 두터운 정이 쌓여 갈수록
첫 느낌의 맑은 감정은 물감처럼 희석이 되어 가고
끝없는 별바라기를 꿈꾸며 스스로에 갇혀서
고독한 군상으로 외로움 굴레 속에 헤매는 마음이여.

제목 : 고독한 군상
시낭송 : 박영애
스마트폰으로 QR 코드를 스캔하면
시낭송을 감상할 수 있습니다

25

가을 소망

거기 아스라이 얼 비추지 마라
환영처럼 서 있는 네 모습 떠올라
푸르던 가슴 붉게 멍울이 들어간다

멋들 지게 흔들리지도 말아라
턱 고여 흘려보낸 무수한 시간
빗물처럼 흘러 강물도 이루었었다

더는 황홀한 시선으로 유혹지 마라
시공을 초월하는 너를 보고 있노라면
돌릴 수 없는 회한에 가슴만 시려온다

너를 끌어안고 네 안에 뒹굴면서
영원할 것처럼 아름다웠던 기억들 그리워
그리워 흘린 눈물 낙엽 되어 사라지리니

가을날

떠나려면 인상 깊게 남기지를 말고
머무를 수 있다면 흔들리게 농익지 마라
꿈결에조차 노랗게 아른거리는
너를 기억하노라면
가슴 한편이 우수수 부서져 내린다

두려움 없는 사랑 피워 올리기 위해
따가운 눈총 기꺼이 흘려야 했던 빗물도
생의 한 조각이라 순응 해오던
바라만 보아도 설레게 하는
너를 떠올리노라면
온몸엔 시나브로 피멍이 들어간다

내 안에 너를 담고 황홀했던 순간들
널 보내고도 오랫동안
네게서 헤어나지 못할 것만 같아서
차라리 이 순간 붉은 노을이 되어
한 점 영혼까지 태우고 또 태우고 싶다

눈물겹도록 아름답고 숭엄한 이 가을날.

황혼

바닷가에 마주한 중년 부부는 끊어진 낙지처럼
대화를 잇지 못하고 가슴만 꿈틀거리고 있다
창밖 날씨는 갇혀 있어야만 안전하다는 듯
감옥 같은 창살을 연이어 흔들고 있고 사이
팔뚝 문신의 한 사내가 손 우산으로 튀어 나간다
미래가 불안한 것은 이목이 아니라 감정이라고
서로는 무거운 침묵 씹어 삼키며 먼지 지붕의
십이 인치 텔레비전에 무심한 시선을 한동안 꽂기도

어차피 내리막길에 넘어야 할 걸림돌이라면
그 두려움쯤은 부둣가 귀퉁이에 벗어 놓고 가자
좋은 날 같이 닿았던 무지개도 찰나 빛 아니던가
지나고 보면 다시 그리워질 이 순간도 허무함일 뿐
어느 누가 세월 이기며 산다고 애써 위안 주는가
갈매기가 비죽이고 파도가 하얗게 웃을 일이다
먼 길 달려오며 엎지른 시간도 설익힘이 있었으니
더는 불통의 주머니 속 종이로는 살지 말자

서러움 걷히는 사위로 황혼이 걸어오고 있다.

그곳의 눈은 쉬이 녹지 않는다

백설 융단 펼쳐진 들판에
거뭇거뭇 솜털 내민 보리 순이
금빛 햇살에 눈이 부셔 끔벅거리고
살얼음 아래 흐르는 겨울 소리
뽀드득 걸음 함께 화음을 연주하던 곳
그리워라 꿈에라도 못 잊을 곳

동장군도 친구여라
휙 먼 길 돌아오던 칼바람도
곱게 핀 설화 앞에 조용히 머물고
다녀간 이 없는 신작로 나무 위엔
먹이 찾던 까치 여백 안에서 졸고 있는 곳
그리워라 꿈에라도 못 잊는 곳

안온을 병풍처럼 두른 산마을
모락모락 환영 연기 깃발로 흔들리고
구수한 장 내음이 발걸음을 재촉해도
진창에 빠진 검둥이와 마냥 즐거웠던
쉬이 눈이 녹지 않는 가슴 속 영원한 곳
가고파라 내 죽어도 못 잊을 곳.

함백산의 가을

오래 머물지 못하니 애달프고
이루어질 수 없는 사랑이라
더욱 간절한 불륜의 사랑으로

장고의 먼 길 남천여지(南天輿地)
철철이 요염하게 턱 고인 산(山)
내려 보며 정이 들어버렸던가

초록 바람으로 흔들고
빨간 입맞춤 뜨거운 애무 퍼붓더니
건들면 터질 듯 팽배해진 만절(晚節)

부딪힌 시선의 말미 불꽃을 살라
참았던 사랑 선혈로 배설하며
함백산도 끝내는 불륜을 저질렀다.

四月의 江

군락 같은 선 분홍 열꽃으로
몸살 앓고 누워있는
四月의 江

잔잔한 가슴에 살포시
여울 그리는 바람으로
놀란 망울들 탄성을 터트린다

어디부터 일어 오는지
봄을 이고 지고 온 진달래
산허리 돌다 강물에 빠져있다

강 언덕에 널브러져 있던
해묵은 누런 이파리도
봄 향기에 취해 꿈틀거리고

수줍은 연곤지 새 각시들
열 내리는 밤이면
四月의 江에 다투어 옷을 벗는다.

만추(晩 秋)

거리를 거닐다 문득 뒤돌아보면
먼발치 붉은 미소로 다가오는 이 있다

눈을 감아도 환한 빛으로 와서
숨결처럼 부드럽게 나를 덮친다

그는 숨 쉴 때마다 내 안에 들었고
낯선 그 어디를 가도 거기 또 있는

따뜻한 온기는 나에 일부 분신처럼
수줍듯 물들이며 온몸으로 스며든다

그대 이맘 안다면 옷 벗지 말아 주기를
그저 오래 머물러만 준다면 흡족하겠다

해도 언덕을 넘는 황홀한 뒷모습 보면
함께 뒹굴고픈 충동의 물결이 일렁인다.

일일시호일(日日是好日)

기운 해 붉은 휘장 사위에 두르면
길게 눕는 빌딩 숲 그림자 속으로
귀로의 잰걸음들이 총총거린다
예제 어디를 가던 삶의 소리, 소리
하루의 무게 털어내느라 쉴 새가 없고
이즈음이면 더께 쌓인 귀동냥도 지쳐
이유 없는 허한 미소가 바닥을 향한다
간, 간, 주야 경계선을 서성이다 보면
세상을 멀리 와 있는 듯 외톨 지지만
돌아갈 곳 기다리는 이 있음이
얼마나 감사하고 행복한 일인가!
거 좁은 골목 귀퉁이 쓰레기더미 서
사뭇 맛나게 훔치던 고양이의
배부른 시선 부딪힘도 일일시호일
살아서 바쁜 날마다 좋은 날이었음을.

칠월 이별

질척이는 길 위에
흥건히 젖은 모습의 한 여자가
바닥에 시선을 쏟아붓고 있다
눈물인지 빗물인지 분간 모를
슬픔을 하염없이 흘리고 있다
누구는 국숫발 같은 눈물을
아름다움으로 그려냈고
신명 난 이는 리듬을 태우건만
저 가라앉을 듯 슬퍼 보이는
뒷모습은 모르는 사람임에도
예리한 것에 베인 듯 아려 온다

후덥지근한 우중 속에
얼룩진 가방을 어깨에 멘
한 남자가 생각 없는 영혼처럼
여자를 물끄러미 바라보고 있다
가린 것도 없이 내리는 질책을
온몸으로 받으며 오래도록 서 있다
아 끊임없이 쏟아져 내리는 한탄
어쩌자고 계속해 둘 사이 줄을 긋는가
흘러내려 깊이 스며들 때까지
어둑해져 가는 물기 위로
두 점의 가없는 흔들림.

향수(鄕愁)

눈 감아도 보이는
그곳을 가면
잔잔한 호숫가에
나를 잊지 말라던
수선화가 서성거리고
반짝이는 물결 위엔
천둥벌거숭이 유년이
하나둘 빛바랜
기억 속을 걸어 나오는 곳
행여 그곳을 꿈엔들 잊힐 리오
잊힐 리오

생각 속에 아득한
그곳을 가면
멈춘 유년이 뛰어놀고
한 폭의 그림을 잇는
세월의 조각들이
오랜 지기 실루엣과
환한 미소로 마주하며
미완성 순백의 첫사랑은
화양연화 꽃가마에 오르는 곳
어찌 그곳을 꿈엔들 잊힐 리오
잊힐 리오.

네가 있기 때문이야

밤새 내린 이슬이
동그랗게 반짝이며 구르는 건
푸른 잎사귀서 샛노란 향이
가물가물 움찔거리는 이유가
불면의 밤 하얗게 보냈어도
가슴에 밝은 햇살 곧추 이는 건
그리움이라는 이름으로
내 영혼 모두를 지배하는
너 네가 있기 때문이야

생각하면 가는 떨림으로 오고
몸살 난 아이처럼 휘 뚝하는 건
열기 품어 메마른 한낮에도
따뜻한 눈빛이 그리워지는 이유가
일상의 모든 것 위에
사뿐히 점찍는 나비의 동향처럼
수시로 가슴을 팔랑이게 하는
사랑이라는 뭉클한 느낌의
너, 네가 있기 때문이야

산이 하루해를 먹어버려

하나둘 가슴 여는 불빛으로

문득 포근한 품 안이 그리워지고

닿을 수 없이 멀리 있어

보고픔에 눈시울 시큰거려오는 건

다가갈 수 없는 아쉬움에

아스라이 그림으로만 그려야 하는

옹이 같은 아픔으로 굳어 갈

너, 네가 있기 때문이야

푸른 가을

어디를 가셨다가 이제야 오시느뇨?
끊어질 듯 가는 허리 출렁이던 春 여에게 홀려
진달래 빛 치마폭에 단 여장을 풀었었느뇨?

그것도 아님 밟아도 잘려도 우거지는
골짜기 돌아오는 夏 순네 초록 향에 취해
고즈넉한 풍경 아래 긴 잠을 즐기셨느뇨?

몇 날을 우르릉 울며 유리창을 때리더니
미상불 하얀 새털구름 양 날개로 펼치면서
거짓처럼 젊디젊어진 푸름으로 오시었구려

반가움에 두 팔 벌려 뱅뱅 놀이로 맞이하니
감격에 겨우신지 내내 푸른 눈물 뚝뚝 흘리시었소
임아! 冬 순네는 넘보지도 가지도 마시오이다

단지 지쳐 곤하실 때 붉은 옷으로 갈아입고
보기만 해도 터질 듯한 상념 한 줄씩 옮아내며
어울렁더울렁 오래도록 사랑놀이나 하시 오이다.

추(秋), 최면을 걸다

한순간도 그대로 멈추지 못하고 변하는
너를 오래 응시하다 보면 붉은 빈혈이 인다

여름 내내 끈끈이 혀를 달고 오지게 달려들어
감 더딘 세포마저 물속에 자주 빠뜨리더니

그것도 성에 차지 않았던지 그늘만 찾는 속물 양
창살 없는 냉방 감옥살이 길게도 시켰었다

그런데도 잔인한 시간의 햇살은 뜨겁게 달궈져
각혈 같은 핏빛 바람에 실려 사방으로 번져간다

무릇 황홀경에 빠져 헤어나지 못하게 하는
곧 달아날 너를 담기엔 이 가슴이 너무도 작다.

가을 戀書(연서)

여태껏 그대만큼 멋진 이를 보지 못했습니다
여린 초록별들 새빨간 단장을 하기까지
내내 힘 넘치게 뻗어 가는 그대의 황홀하고
건장한 팔뚝에 한 번쯤 매달리고 싶었습니다

시나브로 변해가는 그대 바라보고 있노라면
시안이 가득 쏟아져 눈시울 글썽이기도 하였고
사연 담긴 물방울들 추억 속으로 떨어질 때마다
고개 숙인 모습에 애처로움도 함께 했었습니다

사랑이 한순간의 비상을 위한 간절함뿐이라면
그 절정 끝으로 긴 이별이 찾아온다고 하여도
그대처럼 정직하게 다시 찾아주는 이 또한 없어
당신이 쏟는 별들과 뒹굴다 부서지고 싶습니다.

그리움으로 부른다

차라리 찾지나 말지 그랬어
바람처럼 스쳐 지나갈 것을

첫사랑이란 의미만으로
너의 품에 안기지도 못하는걸

애써 기억의 바다에 헤엄을 쳐봐도
안개 속에 잠겨 버리는 너와의 사랑은

익숙했던 향수보다 진한 향기 새로운 이 느낌마저
피할 수 없는 현실로 덮어야 했기에

짧은 만남 긴 여운만 남아
허공에 쓰는 이름 그리움으로 너를 부른다.

고독에 묻다

얼마나 알게 되면 질려 버릴까?
도시 무슨 연으로 지천명 넘도록
이어진 고리 하나가 없는데
공간마저 가득 채우는 것인지
세상에 드러낼 형체도 없이
그대와 나 사이 움트는 그 무엇은
보지 않고도 닿은 듯한 촉수는
이슬 먹는 더듬이처럼 길어만 간다

마냥 세월만 훌쩍 넘기다 보면
우연한 부딪힘도 있을 수 있으련만
어쩌다 스치는 소슬바람에도
심연을 휘젓는 풍랑이 일어
손끝만 두드리는 지독한 가슴앓이
이토록 끈질기게 달려가는 세상
긴 시간의 지층 허물어져 내린다면
함께 침몰하게 될 거기 대체 누구?

생의 오류(生의 誤謬)

지난 세월만큼 휑하니 비어가는 가슴
누구든 한 번쯤 하늘을 가릴 듯 커 보이는
무게에 한껏 눌려보고 싶은 적이 있지

어떤 색깔로도 흉내 낼 수가 없는
달콤 상큼하게 비타민 같은 느낌 그
황홀함에 지그시 눈 감고도 싶었을 거야

굴곡의 전율도 짜릿하게 느껴가며
유추할 수 없던 미래 불안감 날려버리고
색다른 산소에 흠씬 취해보고 싶었겠지

자신도 모르게 가슴 안 내재해 있던
사유의 우듬지 소용돌이에 편승하여
다가온 향기 한동안 취해 보았다 치면

상념의 가지 끝까지 차오른 이룸에 끝
되돌아온 일상의 행간 클릭 메시지엔
'당신 생에 큰 오류가 발생했습니다.'

네가 있다는 것만으로도

언제일지 아무도 몰라
다시 널 볼 수 있을까 나도 몰라
그냥 네가 있다는 것만으로도
떠올릴 그리움이 가득하고
가슴이 따뜻해져 와

어디인들 상관하랴?
무엇으로 살든 어떠하랴?
그저 이 새로운 느낌
수년을 건너뛴 향수 같은 사랑에
삶이 새로워만 보이는데

무심이 지나쳤던 들풀마저
외면하고 살아왔던
고향 내음까지도
살갑고 아름답게만 보이니

켜켜이 베껴 가며
추억을 살라 먹게 해 주는
네가 있다는 그것만으로도
남은 내 삶은 충분히 아름다울 거야
너 떠난 후라도

사랑의 기로에서 서

수많은 시간 물 같이 흘려보내고
불혹에 사랑 하나 찾아 들더니
낮과 밤이 엉켜버린 열병을 앓더이다

귀에 들리는 환청은 그대 목소리
아른거리는 나뭇잎 흔들림조차
님의 뒷자락 사뿐한 걸음걸이 그림자라

먹어도 먹어도 배부르지 않은 사랑
가져도 품어도 모자라는 빈 가슴
꿈만 같은 이 느낌 뜨거운 사랑으로

미아처럼 길을 잃고 미로를 헤맨다
세월이 가져다준 선물
사랑의 기로에서 서

임이여 오소서

임이여 오소서
나풀나풀 훌라로 오소서

당신 그림자
창에 스치기만 하여도

꾸던 꿈 박차고
알몸으로 두 팔을 벌리려니

임 그리다 메마르고
갈증으로 고개 젖혀진 가슴

천지가 하얗게
죽음의 덮개로 가려지고

사랑놀이 수렁에 빠져도 좋으니
임이여 오소서 단 숨으로 오소서

사랑이 남아있을 때 사랑하라

사랑의 감정이 빨갛게 익으면
비틀어진 말도 달콤하게 들리지만
사랑이 무르익어
반 갈색 낙엽으로 물들어 가면
맞짱치고 걸맞던 취미까지 무미해져 간다
사랑이 점차 친구처럼 단단해져
아름드리 밤색이 되면
틈새 벌린 입구로 빠져나갈 궁리만 연구하게 된다

조르고 보채고
누가 나를 그렇게 좋아라
표현할 것인가?
그
강렬한 표현을 어디서 또 들을 것인가?
사랑, 사랑이 부를 때
사랑이 남아있을 때 사랑하라
아무리 뜨겁고 단단하던 사랑도
진물이 빠지고 나면 건조해지기 때문이다.

가슴에만 있는 사랑

차라리 잊고 세월 그냥 가라 하지
가던 길 왜 돌아보았든가
바람처럼 지나가면 그뿐인걸
가슴으로만 나누어야 하는데

되돌릴 수 없는 세월의 강은
첫사랑 시발역을 떠나서
너무나도 멀리 와 있는데
이제 만나 어찌하란 말인가

순정으로 쌓인 유년의 정
빛바랜 시간 희미한 기억 속에
순백의 추억도 새로운 이 느낌도
가슴에만 두어야 할 사랑으로

너와 나 다시 볼 수 있을까
지구를 반 바퀴나 돌아야
너에 손을 닿을 수 있으니
어느 세월에 만나 사랑을 노래할까?

회한의 아쉬움 보고 싶은 마음으로
짧은 해후 긴 여운만 남아
향수 같은 그리움 연기처럼 타 올라도
가슴에만 허락되는 너와에 사랑

고향 여백(餘白)

갸우뚱 기울어진 흙 담
푸근한 향기 모두 그대로인데
반겨 안길 따뜻한 가슴이 없구나

손때 먹어 반질반질한 툇마루
어머니 안 계신 고향은
익숙했던 체취 진한 그리움만 묻어나고

미동 없이 긴 세월 받혀온
휑한 나무 시렁 위
길게 드리운 뿌연 여백(餘白) 안에

생쥐처럼 드나들던 순백의 동심
아름다웠던 시간이
하나둘 빛바랜 기억 속을 걸어 나온다.

그녀 새벽을 낳다

은빛별들 쏟아져 내리는
정적의 사위로
비상을 준비하는 회색 여명

실금 간 흙벽
가느다란 한 줄기 빛으로
머리 디밀어 사이를 훔쳐본다

끔벅거리는 눈꺼풀
어미 닭 무거운 시야로
고요 깨는 황소 방울 소리 들며

퍼드덕 푸드덕
넘치는 호르몬 큰 몸짓
문(文) 무(武) 상(相)의 벼슬 나리 행차한다

부산한 둥지로 끼어드는 빛살
잦은 날갯짓 가쁜 숨소리
사랑놀이에 깃털 한껏 곧추더니

짜릿한 전율 오르가즘으로
홰치는 소리 허공을 울리고
그녀 뜨거운 산란 새벽이 열린다.

기근(氣饉)

자갈밭을 걷는 나날
할 말 잃어 타는 가슴
물기 없는 헛침만 삼킨다

오뉴월 땡볕도 아닌 것이
때깔 없이 진을 치고 있는
분수조차 잊어버린 망각의 성

흙 삽에 쟁기 달고 사는
아버지 갈라진 손바닥에도
간간 숨은 땀이 식혀주는데

대문마다 고리 잠가
숨통을 조여 놓고
샛바람 한 점까지 막아 버리니

건들면 터질 듯 곪은 상처
필사에 암울한 몸부림도
오랜 기근 앞에 탈골이 되어간다

임의 덕이 모자라면
기근이 든다고 하더냐
찌든 민심에 자연마저 등을 돌리니

정수 받아 향을 세워
손이야 발이야 빌어 보면 돌아설까?
무심한 해 꼬리만 달랑대는데

군불 지펴 데워진 열기로
긴 엄동설한을 어찌 난단 말인가?
장작이라도 패면 내일은 풀리려나.

성불(成佛)

비우게 하소서
모두를 소유하고 싶은 마음
탐욕의 끝은 허무한 것을

떨치게 하소서
끊임없이 이어지는 그리움
또 다른 외유의 시작인 것을

버리게 하소서
내 것 아닌 것에 궁금한 마음
허락되지 않을 애욕인 것을

베풀게 하소서
가지고도 넘치는 사물
남 주기 아까워 버리는 마음을

집착하지 않게 하소서
미련에 빠져 일상을 잊고
연연으로 잃게 되는 현실을

벗어나게 하소서
욕심, 성냄, 어리석음의
스스로 옥죄는 구속의 마음을

당신은 누구시기에

당신은 누구시기에
가슴 속 심연의 그곳까지
잔잔한 물결을 그리시나요

당신은 누구시기에
불면의 밤 감긴 수정체 안을
환하게 불 밝혀 미소로 채우시나요

당신은 누구시기에
달도 별도 잠든 밤에
창가로 불러 턱을 괴게 하시나요

당신은 누구시기에
닿지도 않았는데 달아오르는 가슴
불꽃 붙여 전신을 뜨겁게 하시는가요

春, 대체 당신이 누구시길래
어제도 오늘도 돌아볼 틈 없이
이렇게 내 마음 모조리 가져가시나요.

젊음의 노스텔지어

털어내고 지우려
고개를 저어보지만
세월로 입혀진 덧옷은
버리고 비워내지 못한
미련들로 무거워
산 같은 나르시스에 잠긴다

희로애락 살아낸
쌓인 삶의 숫자에
회상조차 빛이 바래
멍한 초점 잃은 눈동자
내 안의 기능들은
이미 나를 버렸나 보다

세월에 대한 아부같이
하루가 다르게 변해
새로 사 입어야 걸맞은 기성복처럼
외양은 점점 시류를 닮아가고
본래의 모습은
기억을 상실한 지 오래다

빛 고왔던 사랑도
아파서 흘렸던 이별의 눈물도
덧없는 흐름에 이끼가 되어
화석처럼 굳어 가고 있는데
돌아갈 수 없는 젊음의 노스텔지어
그 그리움만 산처럼 쌓여 간다.

내력(來歷)

사철 털부숭이 아버지는
노름꾼이라 불렸다
달과 해가 섞여 놀아
기억에도 없는 세월만 갔다

한숨 자고 나도 까만
동짓달엔 입맛도 궁금해
지나는 칼바람 소리에도
위장이 통째로 뒤집힌다

본 지 오래된 아버지
곶감 든 문소리 기다리는
덜 트인 올망졸망한 귀에
추위만 살판난다

요동치는 파도 소리
작은 배 등창에 붙었어도
마중 나간 어머니 기척은 없고
문틈으로 꼬리 먼저 들이미는 달

자나 깨나 노름 아들 밟혀
내려서 감긴 저세상 길
초저녁에 없는 잠은
꼭 할배를 닮았다 했다

유산처럼 남긴 허기진 배
소리만 울고 흐르지 않던 눈물
비틀린 가슴에 고장 난 손을
아버진 무덤까지 가져갔다

그 애비 서 웃자란 아들
정신없이 빠진 네모 안의 게임 소리
"공부, 그만하고 자거라"
바람처럼 흩어지는 기대 찬 목소리

바다를 집어 들다

물오른 초록 향의 유혹
빨간 날은 더욱 유난해
타이어를 뜨겁게 한다
들 향기에 가슴은 부풀고
전신주는 뒤로 달리며
산과 들은 파노라마를 친다
알싸한 갯내가 차 안을
기웃대며 둘러보고
길게 누운 바다 위 재두루미
한낮의 여유를 품는다
찰나에 스쳐 가는 파도의 세레머니
더 이상의 진입은 허락되지 않았다

쭈그려 앉은 노모 함지박에

아직은 살아서 펄떡이는 돈

떨이로 주문한 푸짐한 것들에

들과 바다가 섞인 한 잔은

흡족한 하루가 되어 넘어간다

반절 그림자에 운 좋은 날

"어이야! 한 보시기 더 갖고 오너라."

멀리 허리 펴는 젊은 어부

동그랗게 빈 망태를 돌리고

잔주름 노모의 얼굴 위엔

비늘처럼 반짝이는 물결이 인다

나는 또 한 점 바다를 집어 든다.

 제목 : 바다를 집어 들다
시낭송 : 최명자
스마트폰으로 QR 코드를 스캔하면
시낭송을 감상할 수 있습니다

초대하지 않은 손님

지난날에 그는 이러지 않았다
하룻밤을 같이 자고 나면
눈앞에 흔적조차 남기지를 않았었다

무엇에 이렇게 화가 나 있을까?
이토록 숨 가쁘고 열나게 자극하는 이유는
그새 내가 늙어 싫증이 났다는 말인가?

뿌연 마약처럼 혼미한 시야
척추 빠진 동물처럼 건들거리는 육신
내 영혼과 전신을 마음대로 흔드는 그는

초대하지도 않은 불청객 .
이기주의 고집불통이 되어
짝사랑 열병 앓듯 온통 자기만을 위하란다

몇 밤을 새워가며 이리 달래고 저리 품어도
이마엔 하얀 이슬방울이 맺히고
가슴서 품어 내는 가늘고 긴 한숨으로

끝내는 지치고 늘어진 내게 연민을 느꼈는지
잔인하리 만치 지독한 사랑 내 안에서 거두며
퀭한 몰골 남겨 놓고 그는 떠나갔다

초대하지 않은 손님
그의 이름은
인플루엔자 (influenza)

PS: influenza(독감)

나는 당신에 그 무엇이고 싶습니다

나는 당신에게
푸른 바다가 되고 싶습니다
작은 일로 상처받아 힘들어할 때
내 넓은 가슴에
풍덩 몸을 던지게 해
내가 가진 파도의 힘으로
당신을 어루만져 주고 싶습니다

때때로 나는
당신 방문 앞
작은 포플러 나무이고 싶습니다
일상에 지쳐있을 때 당신을
내 그림자 아래로 불러
한잔의 차로 쉼터 삼아
새로움을 충전케 해 주고 싶습니다

그리고 나는
당신 방 천장에 매달린
붉은빛 등불이 되고 싶습니다
종일을 달려온 당신을 위해
아늑한 밤을 만들어 주고
내 따뜻한 온기로 이불 삼아
고른 숨소리 포근히 덮어주고 싶습니다

그러면서
높고 푸른 하늘이 되어 주고 싶습니다
무거운 삶에 힘들어 고개 숙이고 있을 때
밝은 햇살과 투명한 신선함으로
당신을 곧추세워 위를 보게 하고
항시 아름다운 꿈을 갖는 영원한
내 안의 당신으로 지켜주고 싶기 때문입니다

비록 꿈을 다 이루지 못한다 해도
한 점 아낌없이 드리고 싶습니다
그렇게 평생을 소리 없는 빛으로
당신의 눈과 귀가 되고 발이 되어
그림자처럼 살더라도 나는
당신만을 위해 천년을 살고 싶습니다.

제목 : 나는 당신에
          그 무엇이고 싶습니다
시낭송 : 박영애
스마트폰으로 QR 코드를 스캔하면
시낭송을 감상할 수 있습니다

아이러니(irony), 전생과 현세

남편과 관계되는 여자와
그 여자의 남편과 동석한 자리
사랑을 듬뿍 담은 눈길을 주고받는
남편과 그녀의 이어지는 무언의 대화가
내 눈에 클로즈업되면서 이성을 잃은 나는
벌떡 일어나 그녀의 머리챌 잡아 흔들었다
"걸레, 걸레 같은 나쁜 년"이라고 고함을 쳤지만
그녀의 남편은 놀라지도 않고
이러는 내 행동을 묵묵히 바라만 보고 있다
이럴 수가, 견딜 수 없는 나는 끓어오르는 화를
언어의 폭력으로 무참히 가하기 시작했다
"어디 남자가 없어 친구 남편을 유혹해?"
"동네 마당 나무에 매달아 돌로 패 죽여도 시원찮은 년!"
그것도 성에 차지 않아 서슬이 파란 칼날로
그녀 얼굴을 사정없이 그어댔다
피가 흐르지 않자 더 큰 칼로
그녀의 어깨에 선을 긋고 선이 굵어지며 반복이 되자
그녀의 팔뚝이 툭 하고 땅에 떨어졌다 으악
비명 치는 그녀를 남편은 부축하려 하고
그런 남편을 나는 그녀에게서 떼어내려 안간힘을 썼다

"그래도 의리가 있잖아"라며 남편이 나선다

그 모습을 바라만 보는 그녀 남편과 내 시선 교차 사이

눈빛을 맞추고 다정하게 부축하며 사라져 가는 남편과 그녀

나는 그들이 사라진 골목에서 남편을 부르다가 목이 잠기어

안으로

악을, 악을 쓰다 깨어났다. 무서운 악몽이었다

정말 팔이 잘렸을까? 비몽사몽을 들락대다가

"그래 꿈이야, 꿈."

땀방울이 무서움으로 송골송골 매달리고 있다

주위를 둘러보니 어둠이 뒤꼬리를 흐릿하게 보이며

비상하려 하고 있고 새우처럼 웅크린 자세로

맛있는 코 골음을 하는 남편이 닿는다 새벽 6시

얼마 전 "전생 가기"라는 책을 사서

테이프와 함께 전생 가기를 시도해 본 적이 있다

어둠 속 낮게 깔리는 목소리에 최면 걸리듯 빠져들어

나는 선명하게 나에 전생을 보았다

긴 털이 달린 철갑 모자를 썼고

반소매에 주름 잡힌 치마형의 황금색 갑옷을 입고 있다

노란 머리의 쌍꺼풀이 크게 진 미남형의 유럽 남자

그게 나였는데 내 밑으로는 많은

부하 군사들이 무릎을 꿇고 앉아 있었다.

지휘자였던 나는 누군가의 장날에 오른팔이 잘려 나가며

지독한 아픔으로 전생을 빠져나왔다

전생(前生)과 현세(現世)

그리고 내가 꾼 악몽이 교차하면서

내가 나를 잘랐던 것은 아닌가

하는 자책이 가슴에서 고개를 쳐들었다

그래 맞아

내가 한때 다른 춘풍에 빠져들려던 것을 지적해 주는 거야

예의 바른 이웃집 아저씨에 반해 흔들리고 선망의 눈길을 흘렸던

내 탐욕이 다른 이로 반대되어 보인 거야

생각이 거기에 미치자 아름다운 추억거리로만 여겨왔던 그 순간들

전생부터 따라온 검은 구름처럼 어둡게 덮쳐 왔다

그런데

하필이면 상대가 내 친한 친구인 것은 무슨 뜻일까?

도로 꿈속에 들어가서 다음을 알아볼까?

어수선함에 뒤척이다가 자명종 소리에 놀라 일어나니

무슨 관계없는 일이냐는 듯 변함없는 햇살은 꾸겨져 들어오고

자세 바꾼 남편의 듬직한 체구가 온 방 안을 채우고 있다.

PS : 이 글은 오래전에 써 놓았던 경험 글
1) irony : 소크라테스적 ~ Socratic irony
(무지를 가장해서 역으로 상대의 무지를 깨우치게 하는 방법).

유월의 찬가

오시리
오시리니
초록 향기 바람 따라
임 오시니
고운 발자국 디딘 발끝
행여 물 섶 젖을레라
반딧불로 불 밝히고
보리피리 소리 길 잡어라

가시리
가시리니
피고 지고 나눈 사랑
온 천지를 신록으로
어둠에도 생동하고 환 등 하니
가신들 잊으리오
임의 흔적 이 안에
씨앗으로 남으리니

보석 상자안의 별

내 그리움이 빗물 되어
강물을 이룬다고 하여도
살아있는 동안은 끊임없이
사랑하고 그리워할 거예요

바람처럼 스쳐 간 사랑이었지만
같이했던 순간만은 진실했기에
기억이 살아 숨 쉬는 동안은
당신을 내 안에 영원히 간직할래요

손잡고 같이 갈 수 없는 길
서로 다른 인연으로 살아간다 해도
그냥 그렇게 그리다 죽는다고 하여도
당신이 있어 행복했던 시간은

색 고운 장미보다 향기로웠고
촉촉한 아침 이슬보다 더 싱그러운
비단 같은 부드러운 그 느낌 그대로
영원히 아름답게 빛이 날 것이에요
가슴속 보석 상자 안에서

밤의 플랫트 홈

만땅으로 종일을 달려 온
지친 철마는 생의 철로 위에
길게 누워 단잠을 부르는데
갈 길 바쁜 나그넨 하루의 포만으로
불빛도 고개 숙여 졸고 있는
밤의 플랫폼을 미소로 서성인다

오랜 기다림이 주던 설렘은
행복한 시간을 오밀조밀 엮어 주고
환한 미소 반짝반짝 터지는
별들의 반가운 뒤풀이 속에서
한 소절의 시구는 날개를 달고
흥겨움에 덩실덩실 어깨춤을 추었다

두껍게 내리는 어둠이 귀소를 재촉하고
돌아서는 발길엔 푸른 손짓의 잎 떨림도
길게 혓바닥 내밀던 열기마저
아쉬움에 사르르 두 눈을 내리감는데
단 걸음으로 오르는 계단 아래엔
어제로 갈 막차가 소리 없이 다가와 선다.

가을 타는 江

유리알같이 맑은 江
뭉글거리며 지나던 뭉게구름이
거울 속 반짝이는 햇살에
화들짝 놀라 그대로 멈춘다

수런수런 한 점 바람은
흔들리는 것들에 장난을 걸고
잔 여울에 일그러지는 조각난 얼굴
애기 구름 되어 깔깔 웃으며 흩어져 간다

그리움에 타오르는 붉은 열 꽃
가늘게 신음하는 산허리 끝으로
수줍게 발 담그고
살살 몸 비벼 터는 새색시 발그레한 모습

목마른 물새 고운 빛에 취해
여린 날갯짓 물이랑을 펴 울려도
넓은 가슴 가진 江 모든 것을 떠받혀
한 폭의 그림 잔잔한 미소로 그려낸다.

고뿔

바람 한 점 없는데 천장이 흔들리고
전등불 주위로 둥글게 부지개가 돌아간다
시야에 드는 모든 것들은 술에 취해 비틀비틀

가물가물 기억의 끝이 보였다 안 보인다
위치도 알 수 없는 암흑 속 수렁으로
깊이 빠져들며 얼마를 죽었었는지

누가 내 몸을 장작처럼 패 놓았는지도 알 수가 없고
한 짐 무게는 어깨를 짓누르고
머릿속까지 묵직한 뻐근함이 열과 함께 관통한다

근육 마디마디를 풀어 노랗게 최면을 걸고
멋대로 다니며 쿡쿡 쑤시고 빙빙 어지럼을 태우는
변강쇠보다 더 힘 좋은 그 앞에 나는 또 맥 못 추고
찝찔한 액체 분사하며 기다랗게 늘어져 버렸다.

그대 그리운 날

감기처럼 찾아드는
문득 그대 그리운 날

한 알의 정제 속에 그리움 섞어
가슴 안에 들이면

알싸하게 퍼지는 환각 안 그대
보고 싶은 마음으로

시큰 콧등에 솟구쳐
눈가 이슬방울로 일렁인다

창밖엔 비마저 내리는가
그리운 이 빗속을 와 준다면

지독한 추위 매운 고뿔도
개의하지 않고 두려움 없어

실오라기 하나 걸침 없이
맨발로 맞으련만

젖은 눈가에 비친
그리다 흩어진 빈 잔 속의 얼굴

물기처럼 마르며 흔적 없이
사라져 가는 그대 그리운 날

홍시(紅柿)

보일 듯 말듯 알몸 드러낸 새색시
터질 듯 탱탱한 가슴 잔바람에 출렁여도
임 기다리는 마음에 홍조만 가득하다

눈부신 고운 자태에 홀려버린 찬 서리
치근치근 심술로 탐욕스러운 볼때기 위
하얀 솜털 송골송골 기상을 시켜도

아무도 닿지 않은 숫처녀 붉은 성안
오직 저만의 향기로 임을 맞이하여
보드라운 살결로 안기겠다 숨이 차겠다

달콤 촉촉함은 단박에 혼절을 부르겠고
짧고 진한 사랑 아쉬움은 상념을 부추겨
그 속살 그리움에 겨우내 몸살을 앓겠다.

담배

한때는 폼생 폼사 전유물로
세상을 다 안 듯 비스듬히 기대어
멋들 지게 하얀 꿈 뿜어 올리기도 했었어

주머니 두둑하고 사랑마저 배부르면
간밤 촉촉하고 도톰했던 그녀의
동그란 입술 모양 회심으로 날렸었지

그녀도 떠나고 폼 도 우그러진 지금
앞 막힌 귀퉁이서 꼬투리까지 빨아대곤
빈손 휘휘 저어가며 회한(悔恨)을 날린다네.

즐겨찾기

인생의 절반쯤 그대를 로그인해 만났더라면
내내 질리지 않을 고운 꽃 머리에 촘촘히 꽂고
하얀 목련처럼 가슴 활짝 열어 보였을 텐데
스쳐 간 많은 그림으로 희석이 되어버린 순수
사철 아름다웠을 향기마저 세월에 도난당해
분명한 봄날에도 마음은 낙엽처럼 스산해진다

언뜻 돌아보다 아쉬워한 걸음 떼어도 보지만
허공 위 구름으로 짓는 단 소 세포 그리움은
아직도 강 건너 불빛처럼 제 자리만 맴돌고
다시는 올 것 같지 않은 재생 불가 사랑이라는 감정
끝내 가슴만 반짝거리다 로그아웃될지도 모르는 채
쇤 가슴 유에스비 저장으로 즐겨찾기만 하고 있다.

제목 : 즐겨찾기
시낭송 : 박영애
스마트폰으로 QR 코드를 스캔하면
시낭송을 감상할 수 있습니다

77

봄, 너는

너는 올 것이다
기다리지 않아도 올 것이고
생각에 늦은 눈 덮여 있어도
분명 너는 나를 찾아올 것이다

햇살이 끔벅끔벅 졸다가
언 밭에 뭉치로 떨어지는 날
파리하게 질린 얼굴 내밀며
흘끔흘끔 눈동냥으로 올 것이고

고통을 그러안고 혹한도 견딘
단단한 틈새 뚫은 달뜬 마음으로
조금은 느려도 가물가물
여린 손짓으로 불러낼 것이다

첫사랑 만날 양 설레는 가슴 안고
듬성듬성 선 분홍 열꽃 피우며
초록 향 실바람에 벅찬 희망으로
그렇게 조금씩 다가올 것이다

하여 내 안의 피가 점차 더워지면
그때 너는 이미 세상 깊숙이 와
예제서 켜는 나른한 하품으로
사실상 없는 내일 다시 꿈꾸게 할 것이다

봄, 너는

친구에게

자주 볼 수는 없어도
언제나 마음은 하나
부푼 어깨 부딪히며
동구 밖을 내달리던
그날의 숨 가쁨처럼
어느새 너와 나
질주하는 세월 함께
산마루에 다다랐구나

허물어지는 시간의 지층
외로움 앓을 때마다
반짝이는 햇살 비춰주고
마주 보는 거울이 되어
몸보다 미소가 먼저 오던
포근한 봄날 같은
친구 내 그리운 친구여

우리 지나간 날 보다
같이 할 날들이 시나브로
물기처럼 마르고 있지만
찰나를 스치는 해거름에도
반가움 섞인 안부 한 통이면
어둠이 두껍게 사위어 가도
날마다 햇빛 머리 새날이 된다

진정 마음으로 향하는
그대, 친구가 있음에

가을은

바다같이 넓게 열린 가슴
유리알처럼 투명해진
마음으로
어디론가 떠나고 싶고
마주친 낯선 사람에게도
따스한 미소 건네고 싶어지면 가을이다

스며든 한 점 바람에도
가슴이 휑하니 비어 가고
괜스레 눈물이 글썽거려
접어 두었던 옛사랑의 기억이
단풍처럼 타오르고 그 흔들림에
가슴이 부서져 내리면 가을이고

하얗게 잠 못 드는 밤
쓸쓸한 귀뚜라미 울음이
그리움의 송가처럼 가슴에 와 닿고
이유 없는 한숨이 새어 나와
절로 읊조린 시구 한 구절에
가슴이 시려오면 가을이다.

가을이라는 두 글자에
그리움을 섞어 태우면
붉은빛 낙엽 타는 냄새가 난다
떠나갈 가을도 돌아올 가을도
그리 오래 머물지도 못하면서
가을은 가을 속에서만 가을을 탄다.

[노랫말] 일방통행

허락 없이 널 묶어두어 미안해
잠시 바람처럼 스쳐 갔을 뿐인데
내 가슴엔 온통 너만 살아 움직여
힘들고 지칠 때 너를 가끔 꺼내놓고
미소 띤 얼굴을 보며 바보처럼 웃지만
그 무엇도 너를 대신할 순 없는가 봐
아 숨 쉴 때마다 생각나는 널 어찌해

Even when I close my eyes
There's an image of your face
In my heart you were the only

거리를 거닐면 드문드문 너를 만나지
언제나 같은 미소 그 자리에 있었어
기차가 거꾸로 가고 그림자 운전해도
너 외엔 누구도 돌아가지 않는 관심은
내 영혼 모두 네가 가져간 이유가 되지
세상을 태어난 게 내 의사가 아니듯
널 품는 내 마음도 우연만은 아니었어

난 두 눈을 감았을 때조차도
그대 모습의 형상이 보여요
내 마음속은 오직 당신뿐이야

섬광처럼 번쩍이는 틈 사이로
내민 손끝 살짝 잡던 너로 인해
한동안 아무것도 할 수가 없었으니까
백마 타고 와줄 사람 너였으면 좋겠어
네 넓은 가슴에 안기어 하늘을 날고
포근한 잠 깨어날 때 옆에 있어 준다면 하
얼마나 좋을까 꿈이라도 좋겠어 한 번만

Even when I close my eyes
There's an image of your face
In my heart you were the only

찻잔 속 그리움

향기로운 그대 냄새가
가슴 깊숙이 스며듭니다
하얀 치아 보일 듯 말듯
작은 미소가 일렁입니다
단번에 그대와 입맞춤하고 싶지만
오랫동안 숨결을 느끼고파
천천히 입술을 내밉니다
어느새 그대 품 안에서
조용히 눈 감은 나를 봅니다.

쉰 세대, 신세대

칙칙했던 유년의 기억은 그리 짧지 않았다
어미 자궁 속부터 모지라게 받은 염색체는
세상을 나와서도 내리 가난이 붙어살아
옥수수 대 반절만큼도 클 줄을 몰랐다

낮과 밤이 엉키는 경계선 즈음에야
별빛 부스러기 어깨에 달고 드시는 아버지
폭우 맞은 갈대 머리로 황급한 어머니는
허겁지겁 후질 한 베갯머리 돋아 놓으시었고

줄줄이 누워 자던 일곱 탯줄 짧은 숨소리에
긴 한숨 소리 섞여 고요가 출렁거리면
여명은 아직도 시오리 고개 넘는 중이련만
등창에 붙은 뱃속에선 조급한 신호가 울렸다

얽히고설켜 설친 잠 뒤척이는 작은 팔다리
어머닌 따뜻한 사랑으로 수면 꼭꼭 눌러주셨고
헝클진 꿈결 가지런한 손질에 저절로 눈이 감겨
어느새 꿈속에 놀고 있는 나를 보곤 했었는데

방마다 문 틈새로 각각의 다른 빛이 새어 나오고
깔깔깔 혼자 웃어도 즐거움 넘쳐나는 키 큰소리 소리
늦도록 잠들지 않는 아이들 먹을거리 받쳐 든 쟁반 위에
내 유년의 그림자가 쓸쓸히 맴돌다 길게 누워버린다.

사랑은 자주 흔들린다

한참 사랑에 취해
열중할 때는
긴 밤잠 설쳤어도
눈동자가
초롱초롱하게 반짝이지만
그림자 절반쯤 잘리면
힘차게 밀려오던 밀물도
포만에 취하여
길게 누워버리고
뜬금없는 상념의 배고픔이
턱없는 허를 짓는다

같은 것으로 세끼를
채우기는 무엇해
색다른 미 향을 찾느라
두리번거리는 해 질 녘이면
맑고 하얗던
눈동자는 흔적도 없고
붉게 흔들리며
쏠려가는 썰물처럼
너무 쉽게 어제를 잊어버린다
슬프게도
사랑은 자주 흔들린다.

木, 土 같은 연聯으로

절대 아니라고 도리질 해 봐라
억겁을 이어져 온 필연의 끈 이어져 있다

잠시 머문다고 떠나려 흔들리지 마라
오롯이 모두 잠든 밤 따듯한 온기 타고 오른다

사철을 가슴 열어 그림자 거울이 되고
어쩌다 알몸 된 날이면 혼신 다해 품었었다

넌 날 속속 알지 못해도 나는 너의 모든 것을 본다
탯줄처럼 이어진 줄기부터 희로애락 잔여물까지

네게 난 바닥으로 살지만 내 안의 너는 늘
그리움으로만 산다 희미해지면 더욱 그리워하면서

궂은 비 추적이는 날 추운 외로움에 떠는 너를
바라만 보기 애처로워 네 속에 나 있다고 말하고 싶다.

관광버스

매양 돌리는 쳇바퀴엔 없는
화려한 감흥이 요람을 탄다
애써 흡입하지 않아도
생소한 싱그러움에
변죽 없이도 미소가 게실 걸린다

암암리 허락된 공간 내에
이성은 사라지고 자성도 끊어져
유도적 음담이 난무 하고
거기 아스라이 묻혀 가는 자아
탕자적 내심이 꿈틀거린다

세월 삭히는 처연한 몸짓은
잦은 관절통 비상구 되고
달려드는 도로 맨몸으로 맞으며
동병상련 끌어안고 흔들거린다
단물은 더 달고 거침이 없다

무릇 적당히 절인 배춧잎
붉게 버무려지며 휘청거리니
떼는 발자국마다 초침이 비죽이고
떠밀리는 시류에 하루가 먹힌 날
종일 털구름 같던 그네도 사라져갔다.

임이 오시나보다

언제부턴지 사뭇 낌새가 달라지고 있다
가슴팍 찔러오던 살쾡이 발톱 같던 난류가
어느 한날 뭉텅이 햇살에 허리가 굽어진 채
간들 지게 파고들며 애교를 살랑거린다

거리엔 아직 조폭들 흔적이 난무하는데
드물어도 밝은 미소 따스함은 암묵의 근거리
졸고 있던 냉혈마저 쨍하고 일깨워 놓고
겨우 눈뜬 여린 것들 부비부비 기지개를 켠다

단번에 한 움큼씩 쏟아내는 찰나의 힘으로
무장해제 된 파괴력은 점입가경이 되어 가고
긴 눌림 속 하얀 신음 앓던 황색 노숙자들도
장고를 털어내며 큰 한숨 토해내더니 저기

가물가물 하늘에 올라 먼발치로부터
고운 진홍빛을 일렁이며 다가오고 있다
희망 내민 사춘기 수염 같은 머리통을 밟고
거역 못할 그리움의 향기 임이 오시나 보다

바다를 굽다

멀리서 초대되어 온 손님 대여섯이
고만한 아이들과 함께 땟국을 절이고 있다
날고 기고 온 집안을 들쑤시고 다닌다

우당탕 밖으로 튀어 나가는 아이들을 따라
한 무리 혼은 밖으로 빠져나가 버리고
남은 이들은 향수에 젖었는지
측은하게 늘어져 멀뚱하니 올려다보고 있다

생면부지 남남에서 인연으로 엮이듯이
그들 또한 둥글게 이어진 끈으로 와 닿았다
지지고 볶고 자글자글 산다는 게 그런 거지

말 못하는 객들도 불편한지 내내
몸뚱일 뒤척이며 연신 땀만 흘리고 있다
일 년에 서너 번 남들 다 가는 고향
타지에서 그리움만 태우는구나

보내줘 가고 싶다 왜 아니겠니
노랗게 빈혈 난 속내는 가시로 드러나고
찝질한 바다 내음이 화두처럼 타들고 있다.

제목 : 바다를 굽다
시낭송 : 최명자
스마트폰으로 QR 코드를 스캔하면
시낭송을 감상할 수 있습니다

생(生)은 악보(樂譜)가 없다

있는 힘껏 내달려도
곧게 걸어가는 시간을
앞장설 수가 없다
활짝 피어오르던
초절정의 순간도
감았다 뜨는 찰나일 뿐

숨 고를 숨표마저
흔적 없이 사라져 가는
도돌이표 없는 생(生)은
악보도 지휘자도 없이
홀로 연출하는 선곡에
무심한 관객만 만원이다.

석양 (夕陽)

세상을 달구다 지쳐버린 태양
속절없는 화풀이를 하고 있다

말없이 앉아 있는 산 어깨에
이유 없는 매를 쳐대고 있다

침묵은 금이라 말했었던가
뾰족이 입 내밀던 산등성은

붉은 한숨 길게 토해내며
온몸으로 진저리를 치다가

묵묵히 화를 가라앉히며
고독한 그림자로 걸어오고 있다.

열매, 일탈(逸脫)의 꿈

텃새가 푸드덕 날아간 자리
비행선 한 줄이 더 늘어난다
기웃거리며 배회하던 하얀 객들
편편하지 않은 앉을 자리에
더러는 바닥으로 곤두박질을 친다

운 좋게 걸친 이 향기에 취해
끔벅 졸다 깨어보면 몸뚱이 절반은
흔적도 없이 사라져가고
눈 부신 햇살은 붉은 혀 날름거리며
빨아먹을 듯 더 가까이 다가온다

오직 하나에 매달려
긴 세월 살아보지 못한 너는 모른다
때로는 푸르름인 채로
떨어져 달아나버리고 싶었던 때와
색다른 곳에 마음 내리고 싶었던 것을

탱탱하던 젖가슴은 축 늘어지고
자신감은 잃은 지도 오래이지만
그래도 올려다보던 수많은 눈길로
도도하게 뽐내던 한때가 있었었기에
쪼글쪼글해도 아직은 사랑할 가슴이 남아 있음을.

돈

비와 바람 삶을 듯 높은 기온에도 아랑곳하지 않고

늘 어깨 힘주고 빳빳하게 양 칼 머리 세우고 사는 나를

모든 사람은 선망과 갈망의 눈빛으로 우러러 바라봅니다

바램의 눈빛 환희 눈빛 애증의 눈빛까지

나를 바라보는 여러 가지 시선들로 내 몸은 오래지 않아

낡고 늙어버리는 단명을 띄고 태어났지만

누구도 저항하지 못하는 가장 힘센

눈에 보이지 않고 흉내 낼 수 없는 무기를 지니고 있습니다

내 유년은 작고 둥글어 큰 사랑은 받지 못하지만

투명한 몸통 속에 쌓여가는 나를 보며 즐거워하는 또래 아이들에게

꿈도 키워 주고 입속 달콤한 사랑으로 바꿔줄 수 있어

철렁이는 노래를 합창으로 부르며 친구처럼 살았습니다

갈색에서 배춧잎 색 중년을 오고 가며 내 인생의 굴곡도

매우 빠르게 스쳐 다니고 험난해지기 시작했습니다

나로 인해 끊임없는 다툼이 생겨나고 상처받아 울기도 하며

더러는 애증의 갈림길에서 팜므 파탈의 잣대로 이용되기도 하였습
니다

나를 너무 사랑한 나머지 왜곡된 삶으로 생을 망치는 사람들
해도 곳곳엔 행복한 설계 함께 희망을 쌓아가는 많은 사람이
20센티 작고 보잘것없는 나를 갖기 위해 열과 성을 다하여
하루하루를 열심히 살아가고 있습니다
지구상 누구에게도 영원을 점지하지 않고 귀속되지 않으며
가장 높은 곳부터 하위까지 나를 사랑하지 않고서는
결코 숨 쉴 수 없게 하는 독불장군 경쟁자 없는 나는
최고라는 엄지로 회자하고 세상 끝까지 함께해야 할 존재
동그란 모습으로 돌고 돈다 하여
원(圓/ turn) 곧 돈(money)이라 불립니다.

겨울 아침

누가 찬 대지를 흔들어 깨우고
잠자는 태양에 불붙였는가
금속성 함께 바스락거리는 미동들
창 틈새 밀리듯 쏟아져 들어오는 침입자의
눈부신 부딪힘에 찰나가 새까맣다

밤새 다녔을 세상은 흔적 없이 사라지고
부스스 하얗게 부서져 내리는 상념들
드러나는 것은 다투어 기지개를 켜고
죽었던 어제는 공간 가득 먼지 타고 올라
오늘이라는 도화선에 자맥질을 시작한다

기다려 침묵했던 부산한 것들의 환호와
영역 넓혀가는 빛살 위 흩어지는 소리로
존재감의 안도에 새 긴장 수축으로 오는
누구도 대역할 수 없는 이 실상의 주범은
살얼음 비명 같은 아상(我 相)의 깨어남.

노화(老化)

아른아른 끝이 타는 심지의 불꽃처럼
활자의 양어깨가 움찔 춤을 추고 있다
깨알같이 베껴 쓰던 시절이 정녕 있었던가
턱 올려 거만하게 내려 보는 도수 높은 뿔테
사시같이 세운 촉수로 핏줄 굵게 당겨도
동공 안을 채우며 들어온 구구절절 사연들은
짓누르는 눈꺼풀로 가슴까지 도착이 어렵다

갈 테면 단숨에 숨을 놓아버릴 일이지
임종 기다리는 시한부인 양 가는 끈을 잡고
빈 바람이 휑하니 도는 낮엔 잊힌 듯 자고 있다가
야행성 바람둥이처럼 어둠에만 눈을 뜨는 네가
양 관절에 시커먼 멍울이 온몸에 번져가도록
딴눈 한번 안 돌린 일편단심 비춤이라 할지라도
세월 앞에 시간은 너나없이 모두에 공평을 표했다

장시간의 매달림에 지쳐 끔벅거리는 너나
세월의 더께가 켜켜이 쌓여 눈앞에 흔들리는 나나
다가오는 노화 앞엔 속수무책의 동병상련일 뿐
충전도 안 되고 고장이 난 지 오래된 시계처럼
작은 미동에도 삐걱거리는 관절의 둔탁한 마찰음이
한숨으로 새어 나와 휘파람 양 흘리는데
얇아진 표지 위엔 어둠이 덩달아 꾸벅이고 있다.

많이 그리워질 거야

한 세기의 바다를 건너와
유년의 그 날을 떠오르게 하는 너는
현존하지 않는 사랑에 매달리고 있었어

아무리 애를 써도 돌아갈 수 없는
순수의 그때 그 애틋한 감정은
이미 비바람 세파에 시달려
고사목 알몸을 드러내고 있는데
그런데도 넌 얼마 남지 않았을 삶의 회한으로
보채는 아이처럼 어제로 이끌었고
다 자란 나무에도 진액이 조금은 남아 있음을
홀연히 눈뜨게 해 주었어

하지만 못난 육신의 옷걸이엔
자존심의 잎사귀가 달랑거리고
어깨 넘어 널 세우고 나면 속살이 뽀얗게 드러난
이성(理性)의 열매가 손사래를 흔드는데
어쩌란 말이니 오도 가지도 못하는 수로에서
너 첫사랑 그리며 보낸 세월에
보상 줄 수 없는 나를

바보 같지만 한 편 가슴에 너 묻어 놓고
영원히 사랑할 거야 그때 그 감정 그대로
짧은 만남 기약 없는 이별 뒤에
바람처럼 지나치는 순간이었대도
새로운 이 느낌이 많이 그리워질 거야.

우연(偶然)의 연가(戀歌)

사람 좋은 사람으로 알고 지내는 사람과 우연한 기회에
시승 드라이브를 나서게 된다면 얼마나 좋을까?
하면 들뜨고 설레는 마음 아는 양 길옆 나무들이
환영의 손 연이어 흔들어 줄 것만 같다

특별한 언어 없이도 환한 눈빛이 오가고 목적지 없이
달리고 달리다 휴게소에 정차해 진한 커피 향과
음악으로 차 안 가득 채워놓으면 눈치 빠른 햇살
창 틈새로 기웃거리다 노란 미소 살포시 터트려 주겠지

서로 음악 맞추어 고개 끄덕이다가 눈길 마주치면
별이 톡톡 튀어 오르고 오랜 지기처럼 비스듬히 고쳐 앉으며
허물없는 먹을 거라도 건네다 보면
오오 그 눈부신 공간의 찰나 홉, 정지를 꿈꾸어 보리

이어 마땅히 시선 둘 곳 없어 열심히
안팎을 굴러다니는 동공과 무슨 말 건넬지 고민하는
상념들이 부딪혀 설레는 숨소리가 천둥 같아지면
조금씩 두려움의 구름이 덮쳐 올 테고
바닥난 커피잔 내려놓지 못한 채 또 다른 갈증으로
헛물만 삼키게 된다 해도 나는 절대 내려서지 않으리

갑자기 후드득 소낙비라도 쏟아져라
해서 한동안 발이 묶여버리고
안개 자욱이 채워지는 그림 펼쳐진다면
아, 아, 통제할 수 없는 열기의 오름
그만 두 눈 꼭 감아버리겠네

생전 처음 느껴보는 캡슐 속의 빙의
다시는 없을 축복일는지도 모른다는
생각에 생각으로 내내 몸 둘 바를 모르리.

영원한 내 사랑

너를 처음 마주한 순간
내 눈은 반짝반짝 불똥이 튀었지
눈을 감아도 온통 네 생각뿐이었어
날마다 새로운 세상을 만나는 기분이었지

가도 가도 끝없는 판타지아에 빠져들며
때로는 자신을 잃어버리기도 하면서
누굴 의식할 필요 없는 자유로움에
스스럼없이 알몸으로도 너를 대했지

신비롭기만 한 너의 세계에 빠진 나를
초침은 비죽비죽 비웃으며 지나갔고
일상의 주변 모든 것들은 풀이 죽은 채
내 손길 닿기만을 기다렸지만

용광로처럼 뜨겁게 달구어진 가슴
식을 줄 모르고 달아올라
하루를 온통 네 위주로 채워 가며
소용돌이 같은 지독한 사랑에 빠져들었어

창밖 별들이 후드득 떨어지며 반짝거려도
유리창에 부딪히는 빗방울이 아픈 울음 울어도
넌 늘 그 자리에서 가슴만 열어 보이는데
네 안에서 만나는 그네들이 더 좋은 걸 어찌해

내 감성의 오르가슴을 마음대로 배설해도
언제나 환한 미소로 받아 주고
혼자여도 외롭지 않아 좋은
너만 곁에 있어 준다면

시야가 안개처럼 흐려지고
주술에 걸린 어깨가 뻐근한 나이를 먹어가도
너로 인해 다시 찾은 내 기억 속 시간이
고운 모습으로 다시 태어날 수 있어 마냥 행복해

영원한 내 사랑 컴퓨터(computer).

제목 : 영원한 내 사랑
시낭송 : 최명자
스마트폰으로 QR 코드를 스캔하면
시낭송을 감상할 수 있습니다

향수(鄕愁)

타닥타닥 군불 타는 소리 위로
여물 솥 무쇠가 입을 크게 벌리면
사위로 퍼져 가는 구수한 냄새에
군침 삼키느라 방울 크게 흔들던
덩치 큰 누렁소 왕 눈 속으로
마당 한 풍경들 좌우로 굴러다녔지

우물가 대추나무 위에 앉은 참새도
연신 부리 쪼아 향기에 취하고
대문 옆 똬리 틀고 있던 검둥이
턱 들이밀려 마른 코를 실룩거렸어
종일토록 붕이지 않았던 가족들
웅성거림에 호롱불 힘차게 타오르고

댓돌 위 아무렇게나 던져져 있는
아버지 흙 묻은 바지에서도
하루의 노고가 하얗게 피어올랐지

탁, 탁, 탁 맛을 다지는 도마의 노래
꼬리 길게 달고 밖으로 새어 나온
구수하게 끓어서 당기는 토장 냄새로
여러 번 목젖을 아우르게 하던
내 살던 마을의 초저녁은 한밤중이
순식간에 덮쳐 오곤 하였었다네.

오월(五月) 동심(童心)

까치발 높이 세워
검지 손가락 끝으로
널 파란 창공
뻥 하고 구멍을 뚫으면
물빛 눈물 뚝뚝 흘리겠다
하얀 빗살 사방에 쏟아지겠다

군락처럼 모여있던 애기씨들
놀란 망울 터트리겠고
들풀 머리 살랑 흔들며 반기겠다

하면 나는
들판에 큰 대자로 누워서
드물게 지나는 잔 구름 과자
벌름벌름 걷어 마시며
도무지 임자 없는 하늘
통째로 안아버려야겠다.

폭설이 내리면

가질 수 없는 사람아
우리 폭설이 내리는 날 만나 사랑하자
잔가지가 축축하게 젖어 진저리를 치고
아랫도리 흥건하여 기운을 빼앗겨도 좋으니
두텁게 펼쳐진 목화솜 위로
그대 나와 이루지 못해 아쉬웠던 사랑
원 없이 토해가며 마음껏 뒹굴어 보자

하늘이 빚은 신천지 고요 쌓이는 거기서
삽살이도 배제하고 에둘러 만나
단물을 건네며 지난 세월 한번 탓해 보자
온몸은 찝질한 땀으로 범벅이 되고
라이언 오닐 닮은 굵은 팔뚝 베개 삼아
가늘게 들리는 바람 소리 팡파르 삼고
닿을 수 없는 사랑 마음껏 풀어내 보자

너른 여백 위 붉은 러브스토리에
솔가지 위 설화가 깜짝 놀라 낙상하고
먼 길 돌아온 텃새 돋움 발 연이으는
그쯤 배시시 눈뜬 태양의 질투에
우리 사랑 힘없이 녹아내린다고 하여도
함께 있어 행복해 눈이 절로 감겨 좋으니
미더운 사람아 폭설이 내리면 사랑을 하자.

외 사랑

가슴 한쪽 가져왔어요
전신 훑어보던 붉은 시선에
훅훅 달아오르던 알 수 없는
불덩이 하나 생겨나
반짝이던 눈동자에
갈색 테까지 몰래 훔쳐 와
허락도 없이 심어 놓았어요

아무도 모르는 비밀의 섬
무시로 혼자 드나들며
건드리면 톡 터질 열꽃의
멍울 피우다 지기를 여러 번
헐거워지는 상념의 다리
스치는 바람에 흔들거리면
그리모은 것들로 미소 지어요

어쩌다 마주한 우연도
길 위에 시간만 엎질러 놓고
하고 싶은 말 목젖에 걸려
가시 같은 통증의 외 설움
굳은살로 깊어만 가지만
시작 없어 헤어짐 없는 이 사랑
투득 세월 더 터지기 전 닿았으면

세월

매일 시간을 조금씩 갉아먹는
정체불명의 그가 나와 함께 공생한다
세끼 때를 거르지 않고 먹는 식사인 양
오고 가는 것을 야금야금 받아먹고 있다

즐겁고 행복해 환한 미소 지을 때는
숨죽이고 있다가 힘들고 지쳐 무거울 때
오래 기다린 듯 물끄러미 바라보며
여기저기 혼탁한 표정을 그려 놓는다

그제까지 유리처럼 맑았던 수정체에
오늘은 뿌옇게 안개를 흩뿌려 놓는 그
더러는 귓속까지 파고들어 굉음을 울리고
어지러워 머릴 흔들면 하하하 비웃고 있는

잊은 듯 지내다 문득, 문득 나타나
어제의 흔적을 곳곳에 이랑으로 파놓고
일그러지는 나를 보며 즐거워
거울 속 어둠 뒤에서 그가 또 킬킬거린다

끝내 꼬리 잡힐 일 없어 오만하면서도
지나간 모든 것엔 그리움을 싣고 오는
누구도 당할 자 없는 통제 불능의 투명 인간
싫어도 끝까지 같이 가야 할 또 하나의 나.

갱년기

절대적 본의가 아님에도 불구하고
가끔 거나하게 취한 채로 이었다

미동 없이 한참을 응시하다 보면
투명한 물방울이 머리 위를 맴돌고
노랗게 퍼지다 연하게 붉은 아찔함은
첫 키스처럼 화들짝 본능을 깨웠다

생의 최고였던 만삭의 행복감은
바람 새는 고무풍선처럼 늘어져 갔고
모두 빠져나간 아침 같은 날들의 외로움이
진진 해도 여전히 혼자일 수 없는 몸

달 차는 기울임에 순응을 애써도 보지만
틈새 없이 파고드는 햇살들의 기세로
밀려있는 것에 봄이 함께 매달려
생각만 켜 놓은 하루가 또 얹히고 있다.

이 순간

살면서 순간에 벼락같은 일이
몇 번이나 생겨날까?
청춘에는 타오르는 용기가 있어
두려움 먼 큰길과 통해 있었지만
중년이 된 이후로는 언제나
양파의 같은 시간으로 이어져 왔다

점점 불러오는 뱃속에는
탐욕과 허황한 꿈을 담고 다녔고
알 같이 우글거리는 새끼들을 품었었다
간절해지면 더욱 간절히 기도하고
이루어지면 또 다른
순간을 푸르게 기대하면서

하지만 여태껏 먹어 왔던 욕심들은
부화한 새끼들의 배설물과 같았고
가끔 스스로 허물이 벗겨지면
드러나는 상처를 기다렸다는 듯
따가운 염증이 동반되기도 하였다
절제하지 못한 후회의 산란에
허물 수 없는 벽을 쌓기도 하면서

짜릿하고 달콤한 순간을 위하여
몸 달아올랐던 수많았던 날들이
새는 풍선처럼 가라앉을 즈음에야
지성을 다하지 못해 아쉬워하면서도
어리석게 이 금쪽같은 순간들마저
손끝에서 티끌처럼 날려 보내고 있다

this moment 이 순간

인간관계

저 스스로 닫고자 하면 어두움이고
활짝 열어 놓으면 밝음인 것을

오가지도 않은 상념들이 와해하여
착각에 들게 하는 위선의 표류까지

특출나도 사람이기는 마찬가진데
선 오지랖은 속내만 드러나게 된다

무의식중 교만에 단절이 따라오고
낮춘 겸손은 주위를 따뜻하게 해주니

닫혀 있으면 두드리고 싶어지고
열렸음 닫아 지켜주고 싶어지는 것을

나에게 너는
너에게 나는 어떠한 관계이었을까.

으악새의 염원(念願)

누가 절 좀 봐주세요 신열로 떨고 있습니다
이 병은 전염 되면 시방을 떨리게 합니다
여름 내내 작열하는 태양이 나를 취하겠다고
때리다가 핥다가 붉은 추파를 쏘아댔지만
꼿꼿이 절개 지키느라 허리가 휘었습니다
온전하게 제자리서 기다려야만 찾아 줄 그대
손길 기다리며 염원하다 백발이 되었으니
속은 좁지만 품에 안기던가 몸뚱이 덮쳐서라도
향기로운 바람에 속내 들켜 슬피울지 않도록
흔들리는 열병 고요히 잠재우고 가십시오.

* 으악새 : '억새'의 경기도 방언 –

115

자화상

세월은 숫자만 더해가는 줄 알았었네
삐걱거리는 무릎이 시비를 걸어오도록
공간 내 달리기만 하는 다람쥐처럼
쳇바퀴 열심히 굴렸었네만

그새 뿌린 씨앗들이 다 자라서
노란 싹 틔우려 생동하는 것을 보며
저런 시절이 있었던가
부러운 시선 눈치 없이 달려가는데

시린 허리 무겁게 펴들고 보니
하늘엔 아기 구름이 방실거리고 있네그려
이런 이젠 그늘로 모자라
요람 흔들어줄 채비를 해야겠구려

고 귀여운 상상에 미소가 절로 생겨나
우연히 들여다본 거울 안에는
웬 낯선 여인네가 하얗게 웃고 있더라고
하, 이순(耳順)이 코앞이라니.

절대 존재의 힘

보이지 않는 고리로 이어진 삶은
바퀴 없이 돌아가는 지구본과 같아서
제아무리 힘차게 쉬지 않고 굴린다 해도
곧 제 자리에 돌아와 멈춰 서게 된다

마음을 먹기에 따라선 하늘도 날고
천릿길 마다치 않고 걸어서 다다르지만
영혼의 정상은 그 누구도 닿을 수가 없다
난제를 푸는 이 오직 지도자들뿐이다

살다가 길이 막히거나 어려움에 들 때
결국 절대 존재를 찾게 되곤 하지 않던가
전진도 후퇴도 자신이 만드는 지도일 뿐
누구든 대신해 줄 수가 없기에

어둠 속 횃불 망망대해의 등대와 같은
그의 품 안 진리에 속해 고난을 극복해 가다
성난 파도 잠재우는 순간에 이르러서야
영험을 보았다 위안 얻게 되기 때문이다

누군가를 기다린다는 것은

누군가를 기다린다는 것은
작은 설렘이자
과거와 현재 미래가 함께 오는
호수의 여울 같은 잔잔한 아픔이다

늘 그러하듯이 그 누군가의 선택에
나의 미래가 달려 있고
내일의 희망을 꿈꾸게 된다
대부분은 쉽게 선택하고
삶에 윤활유를 부어 주지만

드물게 성격 까칠한 어떤 이는
입술이 건조해질 만큼 설명해도
냉정하게 돌아서 가버리기도 한다

하면 맥이 풀리고 부서지는 가슴을
빈손으로 주워 담는
정신적 고통을 남겨 주기도 하지만

그들은 삶의 질을 향상도 시켜주고
긴 기다림은 때때로 좌절감 맛보게 하는
알 수 없는 미로 속의 나날들을 살게 한다

해도 그들의 마음과 손에
나와 내 가족이 살아가고 있음이니
다 알지는 못하지만 희망찬 미래를 가져다줄
누군가를 기다린다는 것은
작은 벌집에 꿀벌들을 불러 모으는 일이다.

절필(絕筆)하지 못하고

먼지 같은 한나절이다
눈을 감으면 시구가 풀풀 날아오르다가
자판에 앉으면 하얗게 부서지며 흩어져 간다
이도 저도 뭣하나 제대로 이루지도 못하면서
스스로 쫓기고 있는 형국이다

사랑이란 감정을 느끼던 시절은
글귀도 매끄럽고 달콤 쌉싸름했었다
시어가 입 안 가득 굴러다니며 침전물을 만들고
진한 향기는 행복한 기억들에 촉수를 세워
무지갯빛 시간은 화살촉 같기만 했었다

현실은 오래 머물 줄을 모른다
시계도 지쳤는지 한 곳만 응시하고 있고
웃을 일은 찰나 꼬리 끝으론 고독이 달려온다
칼칼한 내 언어들에 날개 달아 줄 수 있는
검은 베일 달달한 불륜의 초콜릿이 그립다.

제목 : 절필(絕筆)하지 못하고
시낭송 : 박영애
스마트폰으로 QR 코드를 스캔하
시낭송을 감상할 수 있습니다

120

둥근 것이 오래 구른다

옆집 딸 연예인 되었다고 비싼 떡을 돌리던 날
개천에 용 났다는 엄지가 곳곳에서 답례로 세워졌다
공부만 잘하면 성공한다던 세월 물 같이 흘러
특출나게 운동을 잘하던가 인물 훤히 잘나야
방송도 타고 떼돈 굴러오는 세상이라 침이 마르더라

앞집 아들 유학파 되었다고 파도처럼 입 춤추더니
혼인날 한번 본 며느리 모습 천사처럼 귀하게 보여
그나마 이어지던 혈육 지감은 물감 섞인 듯 뚜해지고
사돈댁 어려움은 스승 그림자보다 크게만 느껴져서
장가간 아들 상판도 못 보고 목소리만 듣고 산다더라

거 천성이 동그랗고 귀여움 철철 흐르던 꽃 몽우리에
시류 맞춘다고 양악 수술로 세모꼴 연예인 만들더니
큰 상자 만들어 놓고 맞춤형 사윗감을 고르고 있다고 하니
당장이야 예쁠 것이지만 살아가는 게 지구 안이라
각은 오래서지 못하는 법 세상사 둥글게 굴릴 일이다.

말, 말, 말

말을 많이 하는 사람은
달리는 말이요

말을 주로 듣는 사람은
말을 타는 사람이다

현명한 이 담으려 하고
어리석은 자 뱉으려 한다

곱씹어 삭힐 줄 알면
양분에 천 리를 달리지만

쉽게 던진 말 부메랑 돼
스스로 올가미를 씌운다

말은 열면 날아가지만
닫아 놓으면 모아 진다

함 가르치려 들지 말고
배우고자 양 귀 세울 일

맞은 상처는 짧지만
가슴 때린 말 평생을 가니.

관계

멀리 있다는 건 그리움이다
닿을 수 없으니 더욱 간절해진다
보고 싶은 사람아
우리 이대로 바라만 보자
탐하던 맛 폭풍처럼 채우고 나면
그늘진 곳의 상처가 슬퍼질 게다
가려져 궁금한 것들은
마르지 않을 샘물로 아껴 마시자
낯선 날 이어져 외로움에 들어도
안으로 굽어 구르며 흘려보내자
하여
그런저런 사연들로 닳고 닳은 후
벗겨진 상처 부딪혀도 아프지 않을
구름 같은 만남을 갖자
멀어서 더욱 그리워지는,

나쁜 남자 그리움

염색통 안의 천처럼 서로 얼굴 보이지 않으면 좋으리
뒤만 돌아보게 하는 세월이 야속해
남편 아닌 나쁜 남자 하나 감춰 놓고 공범이 돼 복수해 주고 싶다
여린 망울이 오뉴월 햇살에 활짝 한번 피워도 못 보고
전생부터 따라온 듯한 인연의 굴레 속에 소리 없이 사그라지고 있
으니
뭔지 모르게 억울해져 그냥 한번 저지르고 싶어진다
혼전엔 세상 전체 오로지 너 밖에 없다 하며
바다에 떨어진 별, 나무에 걸린 초승달도 목걸이로 해준다 하더니
아이 둘로 사라진 허리 보며 "허리가 완전 장구 틀이로군!"
샤워 후 알몸을 보곤 "씨름 선수 나오신다." 빈정대며 놀려대기에
"그럼, 이참에 수영 강습 한번 받아볼까?" 하면
"고만하면 딱 됐다"라며 손사래 치는 남편이 정말 많이도 얄미웠다
아이들 머리 위로 내려앉는 햇살은 날 다르게 익어 가는데
폼 그게 무슨 대수이랴 싶어 맨얼굴에 뻔질로 포장하고 열심히 살
아왔건만

메말라가는 잎사귀에 물 줄 생각은 도통 없고
곱고 새파란 이파리에민 정신을 빼잇기니
보름달도 기막혀 문턱 넘다 바닥으로 곤두박질치길 여러 번
가슴에 큰 구멍이 날 때마다 되던 져 줄 묵돌 하나 허리에 차
고 싶었다
하면 다신 올 것 같지 않던 봄의 휘파람을 암호로 서글픔서 빠
져나가
어둠 속에 두 팔 크게 벌려 새 숨 깊이 들어 마신 후
낮은 소리 길게 질러도 보리
거기 서로 얼굴이 보이지 않으면 더욱 좋으리
그저 누군가가 나를 옹호 해주고
구름 속 언어들로 밀담의 긴장감에 가는 전율을 느끼며
따분한 현실을 잊게 해 줄 것 같은 새로운 이 느낌이 소중해지고
마냥 좋아라 함께 웃어줄 편안함이 계속해 생겨날 수만 있다면
돌아설 즈음엔 아쉬워 다시 만나자는 말 한마디가
솜처럼 걷는 길 꽃잎처럼 날려 융단으로 깔려 줄 터이니
하늘 안고 넘실대는 남태평양인들 부러우리 부러울까?

겨울 초입(初入)

애벌 벌거숭이 오들오들 떨면서도
턱 끝으론 실낱같은 꿈들이 매달리고 있다

빠르게 지나치는 시간의 무심함에
이기적인 바람까지 불어오고 있는 초한

여린 것들은 서러움에 눈물을 뚝, 뚝, 뚝
곱고 고왔던 자존심도 스스로 접어 들이고
자해되어버린 상처만 속속 드러나고 있다

점점이 기억 속을 걸어 나온 추억들은
스스로 감싸 안으려 애를 쓰고 있지만
향수 같은 그리움만 흩날려 여울져갈 뿐

자리마다 알몸 드러낸 옹이에선
낯선 부딪힘에 괴성이 갈라지고 있다
언제쯤이면 평정의 정류장에 닿을 것인가?

이제 막 간이역을 출발했을 뿐인데
회귀의 꽃 서늘한 그림자 지나는 예제로
파란 살얼음이 날을 세우고 있다.

어둠은

노인네 주름살을 닮아가서 싫다
고요를 펼치는 건 더더욱 갑갑히디
갑자기 괴물 같은 탈을 쓰고
확 달려들 것 같아 피하고 싶은 상대다

유난히 세상 물을 많이 먹은 날은
양어깨를 짓누르기도 하고
가슴 안팎으로는 고독에 병풍을 둘러
창 없는 독방으로 안내하기도 한다

해도 심신을 토닥여 주는 맛에
거부도 못 한 채 전부를 맡겨야 하고
잠깐의 반성과 내일에 꿈을 아우르다가
그 품 안에서 공손히 나래를 접게 한다.

단풍잎

그들의 애정 행각이
날로 짙어 간다는 소문이 파다 하다
아무도 모르는 줄 아는 모양
바람은 나무라듯 엉덩이를 때리고
눈 시린 불륜에 비위 틀린 햇살은
가끔 냉소까지 쏘아가며
그 사이를 비집고 분탕질을 친다

시간에 좇기는 그들의 사랑은 팜, 파탈
옴므, 팜므의 경지에 다다르고 있다
황홀경에 빠진 그들 모습은 실로 가관

소문은 구경꾼들을 모여들게 했다
구름이 지켜보고 있다는 것을
숲이 웅성거리고 있음을
새들이 들어 옮기고 있다는 것도 모른 채
이 순간에도
서로를 끌어당기며 안으려 하고 있다

마음껏 뒹굴어라 이미 저질러진 행위
뜨거움이 식고 나면 메마를 것이고
피할 수 없는 이별에 남은 미련은
차디찬 시선 속 눈물만 흘리려니

핑계

남들 클 때 무엇 했느냐 묻지를 마라
무궁한 세상 남보다 높게 보고 넓게 펼치라
선견지명 조상님이 배려 해주신 큰 일감이다

눈에 들지 않게 볼품없다고 흘기지 마라
울퉁불퉁한 가방도 개성으로 보이는 세상
돋보이지 못하니 매사 열심이게 된 이유이다

옥구슬로 구르지 못해 듣기 싫다 막지 마라
소리 크고 악한 자 없다는데 공감하는 이들로
자신감 얻고 불의에 차 선봉 지키게 되어 있다

거 매끄럽게 예쁜 사과 크기만 큰 갈치보다
작아도 맛깔스럽고 가끔은 생각이 난다는
국내산이 좋다고들 한다 그런 나도 토종이다.

커피는

커피는 분위기다
커피는 진정제다
커피는 윤활제다
커피는 침묵을 부른다
커피는 어둠을 안고 온다
커피는 그리움이다
커피는 사랑이다

커피는 고요 속 떨림이다
커피는 숨죽인 불륜같이
짧지만 진한 입맞춤으로 온다
하여 대할 때마다 황홀함이
아쉬움으로 그윽하여
시도 때도 없이 찾게 되고
쉬이 떨쳐 버릴 수도 없는
영원한 이상형 애인이다.

귀빠진 날

달갑지 않아도 향기로운 미소는 거부할 수가 없다
블루 사파이어의 짙푸른 감성 속에 젖어 들기도 하면서
유년엔 서너 개 보태 세우고 싶었던 적이 더러 있었다

불꽃 머리가 늘어날수록 좁아지는 고명들의 자리다툼
백설 위서 붉게 타오를 때면 젊은 날이 되살아나기도 했다
동그랗게 돌아가는 달콤한 사탕발림의 짧은 하루

동년들에 박수받으며 양어깨를 곧추세우면서도
생기 있고 여린 환호엔 선명히 늘어가는 주름이 미워지는
피할 수도 물릴 수도 없는 생, 겹침하게 되는 날이다

북어

함부로 동네북이라 부르지 마라
한때는 넓은 곳을 유영하던 날쌘돌이였었다
내 조상의 다산 탓에 셀 수 없이 많은 형제가
뿔뿔이 흩어져서 이어진 연통은 감감했지만
고향 아닌 한 덕장 구석에 늘비하게 서서
그리움에 떨다가 더러는 만나기도 했었다

무릇 게염의 생애 죄업이라 순응하면서
흉한 외양의 남우세에 부끄러움도 잠시
놀라움에 벌어진 입 다물지도 못한 채
빗살에 쪼이고 찬 시누이 바람에 메말라
탱탱하고 매끈하던 모습은 온 간데없이
영혼마저 빛바랜 퀭한 눈이 되어 버렸다

이따금 갈개꾼, 개차반을 벌하고 싶을 때
인간들은 나를 빗대어 엄포를 놓으며
내 대가리 치듯 패줘야 정신을 차린다 하여
대리 화풀이로 사정없이 고문도 당하고
못다 한 변명은 잘게 찢기고 갈려서
끓은 물에 던져지는 신세이기도 하지만

해도 양분의 기억에 다시 찾아주는 이 몸
큰일 저지르고 신 앞에 사죄 읊조리는
위선 가득한 몰골들이 덕장보다 많음을 알기에
살아가며 죄지은 적 한번이 없었고
찝찔한 속내 검게 드러난 적도 없었다고
반문할 수 있다면 동네북 더 세게 두들겨라.

결코

바람은 태양을 이길 수가 없고
태양은 구름을 이길 수가 없다

육신은 영혼을 외면할 수가 없고
인생은 세월과 타협할 수가 없다

우주를 잉태할 수가 없어서
남자는 여자를 이길 수가 없다

결코, never

오수(午睡)

엉금 기어가다 엎어져버린 오후의 햇살이 무력하다

신호에 걸린 바퀴의 비명이 이명으로 늘어지고
투명 인간 손길인 양 머리채까지 잡아당기려 하고 있다
무심한 부동인 과묵히 예리한 끝으로 공간을 찌르고
반복되는 소리에 반나절은 소득 없는 빛살만 쏟아냈다
작은 순간들의 집합체 찰나 속에 빨려들 듯이 들어가니
온통 금빛인 세상은 마법에 탈골이 되었는지 휘적거리고
오수의 파열음에도 바보상자 안 그네들의 웅얼거림은
숲속의 메아리처럼 여전히 에코로 들려오고 있었다

걸터앉았던 춘곤증의 끈은 머리털에 꼬집혀 직립했다.

앵두 빛 그리움

달콤하면서도 시큼 떨떠름한
시집살이 맛은 꼭이 너를 닮았었다
그것도 알지 못하시는 친정엄마는
하루 반나절 정성으로 사랑 모아
먼 길을 소쿠리 가득 담아 오셨다
사는 게 고달파 끼니 한번 제대로
챙겨 드리지도 못하고

바쁘다며 서두르시던 발걸음에
겉으로만 잡는 시늉 했던 아픈 기억들
십수 년 흘러 고향 찾은 막내딸
뒤뜰 그 자리에 눈물 머금은 모습으로
반가움에 가늘게 떨리고 있는
다시 볼 수 없는 어머니의 흔적
앵두 빛 그리움에 눈시울만 붉다.

머리카락

툭, 툭, 잘려 나간 세월이 맥없이 뒹굴고 있다

꽃과 나비가 드나들던 동산에서 자라왔다
영화 같은 세상 드나들며 미지의 꿈 키워 왔지만
멋대로 깨어난 아침이면 산발이 되곤 하였다

보릿고개엔 빨랫비누 냄새 반나절을 풍겼었고
개울은 헝클어진 모습에 살 차게 외면하며 흘러갔다
신분증 단발머리의 지루하고 천천 했던 시간들

흘러내린 머릿결 손가락 고랑으로 긁어 올리면
목덜미에 와 닿던 까칠한 촉의 아우성이 따가웠었다
색채의 덧옷이 입혀지면 웃자랄 줄 알았던 섬 나이

바람 든 풍선 되어 풍운만 쫓아 허공을 떠다녔고
때론 상념의 오지를 헤매다 헛발 짚기도 하였지만
백화 가닥 고개 내민 후에야 비로소 철이 들었는데

점점이 빈 자리에 힘없이 서 있는 기억들이 웃프다.

봄 산에 가면

봄이 흐드러지면 매봉산 초록에
나를 숨기고 싶겠다
다 벗지 못한 빈곤 등지고
지쳐 숙어진 마음
봉수대 뒤 살포시 감추고

헝클진 꿈 깨어나는 길 따라
가슴이 흥건히 젖어 내리면
잘 알지는 못해도
여린 어느 한 사람 손도 잡아 보리

그 초입에서 끝머리로 이어진
진홍빛 너울에 겨울 벗어버리고
얼굴 서로 마주 보다가
일렁이는 석양 함께해도 좋겠다

누워있던 수많은 언어의 기상
엷은 미소로 산이 화답하고
열린 미색 불그레해지면
헛치지 않을 희망 가슴 가득 담아 오리

봄 산에 가면

봄비

얼마나 그립고 목말라 했었는지
어둠 아래 기다려온 시간의 발아
겨우내 쌓인 두께에 질식해갈 즈음
톡톡 촉수 깨운 네 싱그런 입맞춤은

가슴에 맺힌 밀어를 터트려 주어
새로운 사랑 피울 더운 설렘으로
낯부끄러운 줄도 모른 채
알몸 불쑥 드러나게 하였다

이어 점점 강해지는 너를 받아드리며
주체할 수 없이 솟구치는 희열은
발정 난 암컷처럼 푸르르 떨게 하였다
흐르고 흘리며,

초록이 좋은 이유

누군들 처음부터 낙엽이었으랴
단지 시간에 먼저 닿았을 뿐인데
돌아갈 수 없는 경계 추억만 되돌리고
생의 황금기 느낌을 주는 초록은
활짝 핀 속에선 맛볼 수가 없다

조금은 비릿하고 덜 익은 매실 같아도
싱그러움 가득 살살 녹아드는 야들함이란
한땐 모두 돌아보는 초록이었던 적이 있었지
돌담집 길모퉁이 돌아가다 마주하면
이슬방울 떨어질 것만 같아 외면하기도
회상보다 아프게 오는 것은 젊다는 부러움

아, 아! 싱싱한 이 느낌
나이 든 남자들이 어린 여자를 좋아할 수밖에 없겠구나
잘빠진 몸매 초록으로 피어오르니
담고 뒹굴고 싶은 생각이 간절할밖에
추풍낙엽의 과거인 줄도 모르면서.

검은 남자와 산다

늘 어둡고 말이 없는 너를 떠올리노라면
가슴이 뛰고 고요하던 신경이 먼저 반응한다

설렘은 잔잔하게 파도처럼 몰려오다가
거칠게 출렁이기도 하고 향긋한 강렬함에 이끌려
온몸의 촉수가 일어서기 시작한다

단번에 입술을 맡기고 싶지만
이내 싫증 내버릴까 조심스럽게 다가간다
적어도 너와 난 처음이 아니니
집요할 이유도 없었다

무심하게 이어지는 일상들이
흩어지지 않는 시선으로 지켜보는 가운데
뜨겁게
그러나 부드럽게 너와 진한 입맞춤을 나눈다

다만 만날 때마다 옅게 혹은 과묵한 모습으로
다가오는 너에 속내를 깊이를 알 수가 없어
몸
그에게 점점 더 깊이 빠져든다는
사실만이 흔적으로 쌓여가고 있다.

제목 : 검은 남자와 산다
시낭송 : 박영애
스마트폰으로 QR 코드를 스캔하면
시낭송을 감상할 수 있습니다

똥 1

너를 만나는 일은 어제를 비우는 일이다
가끔은 산고 치르는 통증을 동반하기도 하지만
순조롭게 널 만난 날은 종일토록 새털이 된다

마주할 때마다 너는 천의 얼굴을 하고 있었지만
게염스레 욕심을 함께 삼킨 날은 포만으로 불거져
질펀한 성질머리 드러내는 경고를 하기도 한다

더러 고집스레 들어앉아 연통이 없을 때는
방금 사귄 애인보다 더욱 간절하게 기다려지지만
고약을 풍겨도 금색이면 상념의 허리가 펴지니

오래 묵힌 이기와 독선 덩인 단번에 쏟아 버리고
굴곡에도 구리지 않은 생 막힘없이 흘러가야 하는
너를 비우는 것은 새로운 내일을 기다리는 일이다

돌아올 수 없는 강

어떤 말로도 달래줄 수 없는
등만 보이는 지나간 날들이
붉은 그리움에 젖어 들게 하네요

영영 돌아오지 못할 거면서
똑같은 미소만 짓고 있는 당신
손잡지 못하면 아무 소용없어요

처마에 매달린 찬 눈물일 뿐이에요
It's just tears, It's just tears

발끝에서 머리카락 한 올까지
사랑으로 정성을 다해주었을 때
혈관 탄 별은 빠르게 돌았었지요

오로라가 휘돌아 치는 기쁨은
그윽한 진실이 되어 흘렀었지만
못내 지워지지 않을 이 기억마저도

돌아올 수 없는 강물일 뿐이에요
It's just a river, It's just a river

감사하는 마음으로

사는 게 무의미하고 지루하다 했었던가
그대 병원의 중환자실을 가보라
거기 생사를 넘나들며
인공의 가쁜 숨소리 뿜는 환자들을 보면
멀쩡한 자신의 육신(肉身)에 하늘만큼 감사하리니

현실을 탈피하여 색다름을 취하고 싶다 했던가
그대 오지(奧地)처럼 깊숙한 거기
겹겹이 철장 두른 교도소를 가보라
넘치게 취하려던 욕망에 스스로가 묶여버린
죄수복의 그들로 진정한 자유의 참 의미를 알게 되리니

철철이 바뀌는 색색에 아름다운 세상을 보면서
혀끝 자극하는 미식(美食)을 찾아다니고
고운 선율 속 시간여행 미완성에 그림도 그려가며
촉수 세운 뜨거운 사랑에 생의 환희를 느끼고 숨 쉬는
이 위대하고 멋진 삶에 감사함을 잊고 사는 건 아닐는지

현명한 이 불필요한 고민은 내려놓고 살고
어리석은 자 쓸데없는 고민까지 짊어지고 산다고 했던가?
백 년도 못 사는 인생을 단절된 세상 고통의 병마 속에서
햇빛과 자유가 그리워 소망하는 이들을 돌아보며 나는
삶의 한 조각인 오늘도 감사하는 마음으로 하루를 시작한다.

앨런의 거울

제목 : 앨런의 거울
시낭송 : 조한직
스마트폰으로 QR 코드를 스캔하
시낭송을 감상할 수 있습니다

허락 없이 뒤따라온 시간의 흔적들이
어제를 아우르며 담담하게 마주 보고 서 있다
미동조차 할 줄 모르는 무표정한 상대
그 가슴에 든 몰골은 하루의 두께로 얼룩덜룩
칙칙한 한숨이 부메랑으로 묻어 나온다
세상은 돌고 돌아도 제 자리인 것에 체념한 듯
서로는 일상처럼 깨어진 조각들을 맞추고 있다
한순간도 닮지 않은 야누스를 포용해 주면서
홀로 짓는 팬터마임에 여전히 함묵하는 그
거기 아침의 힘찼던 발동은 흔적조차 없었다

통통하게 물오른 가시나 젖무덤을 보았고
이방인 같이 생긴 꽃미남의 매력에 빠져
고정된 채널에 바위처럼 굳어있던 순간들이
구름처럼 펼쳐졌다 멀어져 갔을 뿐이다
창문 밖은 소란스러움이 쏟아지고 있다
마차 병이 뚜벅뚜벅 걸어오고 있는지
가까이 올수록 철퍽 이는 파장은 두터워 지고
오늘 유난히 앙칼진 소리로 찬기까지 동행하여
졸린 시계 위에 서둘러 어둠을 깔고 있다
그리움으로 오는 지난날 멈출 수 없는 지금

하나 될 수 없는데 안 보고는 못 배기는
앨런 앞의 그와 미묘한 신경전 시간이
낡은 팬터 고무줄처럼 시나브로 늘어나고 있었다.

145

그리움에, 그리움에

그리움에, 그리움에
보고 싶어서 같이 거닐었던
길 위에 서성인다

수십 년 아우른
짧은 재회에 초록에 그 여름은
혼미의 몸살을 앓았다

손끝에 와 닿았던
익숙한 고향의 느낌 지나간 세월은
빗방울로 흘러내렸다

되돌릴 수 없는 현실에
오가지도 못하는 석류 빛 가슴
헤아릴 수 없이 쌓인 화두

잊은 듯 살아왔던
아픈 기억들은 생각의 끝에 늘
향수처럼 서 있던 첫사랑

그리워, 그리움에
다시 와본 그 자리 아쉬운 미련에
겨울 낙엽으로 매달리고 있다.

제목 : 그리움에, 그리움에
시낭송 : 장화순
스마트폰으로 QR 코드를 스캔하
시낭송을 감상할 수 있습니다

남겨진 사랑은 아픔입니다

꿈속의 꿈같은 사바 생(生)에
세월 속 편린을 같이했던 임께서
익숙한 모습으로 다시 와주신다면

화로(火爐) 같은 두 손 부여잡고
다시는 놓아 드리지 않을 테요
못다 한 사랑 뜨겁게 태우렵니다

향(香) 진한 흔적 아직 그대로인데
닿을 수 없는 곳 별이 되신 임은
어제보다 더 멀리 높아만 갑니다

대체 임은 어떤 연(緣)이시어
숭고한 사랑 주시기만 하셨는지요
보은(報恩)하지 못한 마음 아픔으로 남아

자애롭고 따사로운 임의 미소
화안히 환영(幻影)이라도 오시는 날은
가슴이 터지도록 얼싸안고 강물을 이루겠습니다.

한 줄 시1

(선물)
날마다 하루라는 선물에
내일과 미래가 덤으로 온다
잘 열면 행운도 얻지만
못 열면 어둠의 덮개를 받게 된다.

(흉몽)
업보라고 했다 아니 선몽으로
조심하라 하였다 틀렸다
넘치는 제
욕망의 답을 보여준 것이다

(어제)
지나고 보니 행복한 시간이었고
천국이었다
다시는 돌아갈 수 없다고
코로나19 공 미소 짓고 있다

(사주)
피할 수 없는 사고와 사랑은
숙명이라 했다
개척과 노력으로 헤쳐 갈 수 있는
삶은 운명이라 한다.

(자아)
누구도 동시에 같은 생각
같은 꿈을 꾸기가 어려운 것은
찰나에도 비울 수 없는
삼계개고(三界皆苦)의 번뇌 때문이다

(세상의 주인)
나를 위해 꽃이 피고 새가 노래 해주니
이보다 더 멋진 주인이 세상 어디 또 있으랴.

(말, 말)
말을 많이 해서 달리는 말이 되지 말고
말을 주로 들어 말을 타는 사람이 되어야 한다.

(욕심)
욕심은 채워도 끝임없는 구름 같아서
돈을 찢는 만큼이나 힘이 들어도 헤쳐 비워야 한다.

(절정)
사랑은 한나절 풍선과 같아 한번 오르고 나면
하강 길밖에 없으니 온 힘을 다해 떠올라야 한다.

(선과 악)
누구든지 가슴 한쪽에는 악마가 산다
타인에 가는 마음 멈출 수만 있다면 죽은 것이다.

(턱)
내려다보는 겸손은 사람을 끌어모으지만
올려다보는 교만은 주위 모두를 떠나게 한다.

(음양)
겸손은 주위를 환하게 만들지만
교만은 어두운 그림자만 남게 한다.

(바보와 천재)
사랑에 빠지면 순백의 바보 시인이 되지만
이별하고 나면 럼 같은 독한 천재가 된다.

한 줄 시2

아는 이 묻기는 해도 쉬이 답하지 않는데
모르는 자 듣지도 않고 말을 먼저 꺼낸다

정의를 내세우다 보면 아픈 적 하나 만들고
눈치는 비열의 모자를 스스로에 쓰게 한다

곱씹은 언행 속에 제대로 된 알곡이 쌓이고
되는대로 사는 것은 빈껍데기만 남게 된다

베푸는데 익숙한 이 그 자손이 영화롭고
이기적 계산만 빠른 자 풍선이 되어 오른다

새 친구 열 명보다 한 명의 좋은 친구는
밝은 미래 안내하는 행운의 네잎 클로버다.

뫼(山)를 얻다

울퉁불퉁 길은 험하고 좁게 이어지고 있다
시야에 드는 것은 추위를 이겨낸 잔풀들과
코흘리개 소매 단에 묻은 것처럼 찐득한 것들
더러 빠끔히 내민 새색시 얼굴은
낯섦인지 수줍음 인지
새파랗게 혹은 노랗게 질려있다
저 여린 것 아프게 밟아버리고
싶은 짓궂음과 비켜서 가주고 싶은 감상적 마음이 교차한다
오를수록 목까지 차오르는 숨결은 빨라지고
거대한 몸뚱이 발끝부터 밟혀온 아픔 때문인지
그저 느긋하게 누워있어야 할 그가
조금씩 일어서며 다가오고 있다 곧 달려들 것 같다
홀로 상대하기엔 너무 덩치 큰 그
아직 절반 밖에 그가 보이지 않으니 대결은 어렵다
슬그머니 옆구리 한 자락 깔고 앉아 숨을 고른다
언제 그랬느냐 듯 편안한 미소로 품어주며
팔다리를 흔들어 산소 힘 껏! 불어 넣어준다
거만하기만 한 그를 여러 번 포기하고 싶었는데
이젠 무를 수도 없다

목덜미로 흐르던 물기가 선뜻하게 소름으로 돋으면서
나시 ㅗ의 머리 꼭대기를 향해 구름 밧줄을 당긴다
만물이 한눈에 들어오고 귀때기 잡고 상투에 올라서니
그제야 항복한 듯 발아래 조아리는 거대 친구
주변으로 다양한 벗들이 그를 지켜 우러러보고 있다
딱히 좋아라. 코드 맞는 사람만 벗하는 자신을
갈참나무 뿌리 근처 한 줌도 안 되는 존재로 낙하시킨다
들, 강, 바다, 집촌, 더불어 살아가는 것들로
그가 더욱 돋보이게 된다는 사실을 확인하니
어디선가 내려가라, 내려가라 이명이 들려온다
구름을 밟고 둥둥 걸음으로 내려오는 길
등 뒤에서 변함없이 지켜보고 있을 그에게서
세상은 혼자 살 수 없음과 인내를 겸허하게 득하고
천금 같은 벗 하나 동량(棟梁) 삼으니
꼬르륵 소리에도 배가 부르다
하품하는 하늘 아래 희미한 그림자 앞서는데
그 묵묵히 앉아 언제든 다시 오라 바람 한 점 또 일어준다.

바람을 훔친 여자 1편

공짜는 새파랗고 달콤하다.

그녀가 같은 아파트에 입주하면서 살게 된 첫사랑을 만나기 전까지는 늘, 반쯤 핀 햇살같이 눈에 부셨었다. 그도 그럴 것이 그녀 생활 테두리 안은 아이들만이 보였고 그 속에 보내는 게 그녀의 일상 대부분이었다.

코흘리개 어린아이부터 변성기 아이들까지 두루 맡아 가르치며 그들과 일관된 생활은 나태와 무료감을 가져다주고 있던 차였을 것이다. 세월의 먼바다를 돌고 돌아서 흐르는 개울 같이 허락된 공간에서 그들이 다시 만났을 땐 울타리에 마구 꽂아놓은 버들개지가 화들짝 놀라 눈을 치켜떴을 것이다.

바짓가랑이 사이로 흘려보낸 남자의 시간과 온몸으로 원생들과 가족에 헌신하며 보낸 그녀의 수많은 날 대부분이 번데기처럼 손등에 잔 빗금을 쳐 놓았지만, 그들에게 30년 넘게 아우르며 보낸 퍽이나 달라진 외양은 조금도 문제 될 게 없었다. 이러저러한 사연들 속에 고달프게 달려왔던 걸 보상받기에는 묵혀둔 감정에 바다에서 건져 올리는 수초 같은 새로운 느낌, 신선한 기대감이 한없이 넓고 푸르게 다가왔기에 아련한 이전의 기억을 떠올릴 틈바구니조차 주질 못하고 있었다.

그녀에게 새로운 느낌으로 고요 속 폭풍으로 오고 있는 첫사랑이라는 존재감은 정답을 알 수 없는 연상퀴즈와 같았다. 원래 늘씬한 키에 쌍꺼풀진 큰 눈으로 어디서고 단연 돋보이는 그녀였다. 반면에 첫사랑이라는 상대는 왜소하고 깡마른 체격에 까무잡잡한 그저 계급 낮은 공무원 같은 깐깐한 스타일이었다.

시선이 교차하는 시간이 늘어나면서 그들에게 새록새록 옛 감정이 움트는 것을 눈치를 챈 사람들이 하나둘 늘어나고 있어도 전혀 개의치를 않고 드러낸 채 그들은 서로에게 각별한 신경을 써주고 있었다.

단지 내서 하지 않았던 새벽 달리기하는 일부터 시작해 틈만 나면 재미 화투를 핑계로 이집 저집을 건너다니며 그들만의 방식대로 사랑을 소통하고 있는 게 눈에 들어오고 있었지만, 남자의 부인과 그녀의 남편은 모두 잘 안다는 이유로 어떤 내색도 표할 수가 없었다.

아니, 어쩌면 그들의 행각에 호기심 천국으로 들어간 자신들을 발견하고도 한쪽 눈을 감아버리기도. 제 눈에 안경이라는 말은 맞지만, 세월 앞에서도 우월한 그네들의 사랑은 너무도 당당하였고 자신감에 차 있었다.

우선 남자에게 경제가 받쳐주고 있었고 시간에 구애받지 않는 CEO이기에 사랑놀이의 밑받침은 단단했다. 그녀는 주어진 시간을 끝내고 나면 특별히 할 일이 없었고 남는 게 시간인 것처럼 자유분방한 생활로 가사에조차 매여 있지를 않았다 그녀의 친정어머니가 드나들며 살림과 아이들을 챙겼으며 남편은 그녀와 다른 건설업종에 근무하고 있어 서로에 대해 구속이나 간섭할 이유가 없었을 뿐 아니라 소심하고 내성적인 그녀 남편에게 활달하고 시원시원한 그녀의 설득력에는 토를 달지 못하고 이끌려 살아가고 있는 듯한 부부인데...

그들 또한 그 남자 내외와 모임을 정기적인 갖고 있어서 등잔불 밑의 어둠을 애써 살피려고도 하지 않고 있었다. 다만, 시간이 흐를수록 갈증으로 애타는 그녀가 도드라지게 눈에 들어오면서 비밀 없이 친해서 그들 사이를 아는 척한 필자 때문에 심지에 불이 붙어버리는 바람을 훔친 그녀의 사건은 시작이 되었다.

계속

156

언어를 박다

상대의 성긴 말에 비위가 틀려서
꼼꼼하게 재보지도 않고 발 빠르게 밟은 적이 있다
원한 게 아니었지만 작다는 것은 부족의 일부라고
스스로 겸손해지려 노력하며 살아왔는데
반듯하게 갖춰진 사람이 대놓고 말로 무시할 땐
숨고 싶을 만큼 처절해진 자신을 보게 된다
누군들 멋들게 크고 싶지 않았으랴
콩이 옥수숫대를 닮아 갈 수가 없는 이유도
나름 서서 크는데도 옆으로만 가는 땅콩의 이치를

앞뒤 없이 쏘아붙일 땐 더 빠르고 세게 밟아
밑 실이 엉키는지 후에 드러날 것은 예상도 못 했다
변명의 기회조차 주지 않아 박히는 자의 비명이
습관적 기계음 속에 소멸되어 가는지도 모르고
덮여 가는 일상이 박음질처럼 계속되고 있는데
지나고 보면 그 흔적들은 지그재그 초보와 같았다
이쁜 말들만 이어서 박아온 기억은 드물었지만
입과 입을 맞춰가며 꿰매어온 사이일지라도
이미 박힌 수들은 다시 푸를 수도 없다는 것을

추위에 들고 나서야 참된 박음을 갈망하게 된다.

157

그대 그늘 아래

한동안 우울의 유리병 안에 갇혀
바람의 손길을 기다리며 은둔했었다
드나드는 상념의 문이 가벼워지면서
조금씩 빛살을 맞이하고 있지만
몇 번의 계절이 바뀌었어도 여전히
내 안에 가두고 그리워하는 두 분의 佛
29년, 45년 함께한 세월은 친정보다
더 많은 정을 쌓아 왔는지 시시때때로
어머님과 남편이 보고 싶어진다
대체 무슨 인연이었길래 이토록 간절하게 떠오르고
기도할 때마다 어머님을 찾게 되는 것일까?
철없던 시절 남편과 자신을 한 울타리로 엮어
둥지 틀게 마련해주신 자애로우신 어머님 덕에
꿈속의 꿈 같은 사바 생을 살아왔었는데
부재의 자리에 서서 지난날을 돌아다보면
아쉬움과 미안함과 고마움으로 숙연해진다
"어미 왔니?"
퇴근 때마다 방문을 열어 따뜻한 미소로 맞아주시던
이 지상에선 두 번 다시 올 수 없는 순간들이
영화처럼 되풀이로 떠오르지만
지나간 날은 언제나 흑백의 옷을 입고
현재를 미행하고 있을 뿐이다
어머님, 여보, 감사합니다
두 분의 넘치는 사랑이 있어서
제 인생은 알차고 아름답게 채워졌습니다
성실히 보은하는 마음으로 살아가겠습니다()
그대 그늘 아래

맺음말

생은 알 수 없는 내일을 향해 가고 있고
실체 없는 내일은 또 그 자리에 서 있다
날인된 어제는 분명한 그림자가 있어도
오늘이라는 멈춤 없는 시간 앞엔 그저
지나는 과정에 순응하고 있을 뿐이다

시골서 태어나 큰물로 나오는 데는
누군가 이끌어야만 가능했었다. 거기엔
세상을 점철하는 책들과 시어머님이 계셨다
힘든 역경을 딛고 푸른 삶 속을 유영할 수
있게 안내해 주던 수많은 책이 나를
키웠고 어머님이 바로 서게 해주었다

내 곁을 떠나간 귀한 인연에 합장하고
숨 쉬는 모든 것에 감사하는 마음으로
남은 주변 인연들의 건, 안을 빌면서.

2024년 6월, 홍은자 드림

그대 그늘 아래

홍은자 시집

2024년 7월 8일 초판 1쇄
2024년 7월 10일 발행
지 은 이 : 홍은자
펴 낸 이 : 김락호
디자인 편집 : 이은희
기 획 : 시사랑음악사랑
연 락 처 : 1899-1341
홈페이지 주소 : www.poemmusic.net
E-Mail : poemarts@hanmail.net

정가 : 12,000원
ISBN : 979-11-6284-534-9